Luna Fortuna

LUNA FORTUNA

Diana López

A la memoria de tía Beatriz, con amor

La prima

Mi **prima** Mirasol cumple quince años y está celebrando su quinceañera. Mis primas por parte de padre están aquí y *casi todas* bailan vestidas con bellos trajes morados porque son damas de honor, más o menos como las de las "cortes reales". Yo *no* soy dama de honor, así que no llevo un vestido morado; ni estoy bailando, como tampoco baila Mabel, la amiga más fiel del mundo.

Mabel y yo estamos sentadas junto a la pista de baile. Todos bailan y dan vueltas con sofisticados pasos de baile. No puedo evitar marcar el ritmo con los pies y, cuando la miro, veo que Mabel hace lo mismo. En ese momento, veo a mis padres acercarse bailando.

—¡Ven, Luna Fortuna! —dice mi mamá—. No puedes quedarte ahí sentada toda la noche.

Mi papá levanta el brazo y ella da tres vueltas por debajo. Me mareo solo de verla.

—¿Por qué no quieres bailar? —pregunta Mabel.

—En protesta, porque no estoy en la corte —respondo, cruzando los brazos—. Tengo demasiadas primas y se tomaron todos los puestos.

—Pero, ¿cuántas primas tienes?

Me encojo de hombros. Entonces, se me ocurre una idea brillante.

—Tal vez deba contarlas.

Nos paramos sobre las sillas para ver toda la pista de baile: *una, dos, tres* —voy señalando mientras cuento—, *cuatro, cinco*...

¡Vaya! Algunas de mis primas se han cambiado de sitio.

Comienzo de nuevo: *una, dos, tres, cuatro, cinco*...

Espera un momento. Ya no recuerdo cuáles conté.

Una, dos, tres, cuatro, cinco, seis, siete...

Imposible. Aunque pudiera contar las que vinieron esta noche, tampoco serían todas. Aquí solo están mis primas por parte de padre, pero tengo muchas más por parte de mi mamá. Nunca nos reunimos *todas* a la vez porque tendríamos que alquilar un estadio de fútbol.

—¡Me rindo! —le digo a Mabel—. Mis primas no hacen más que moverse de un lado a otro y muchas llevan vestidos morados. Es como contar carpas doradas en un estanque. ¿Alguna vez lo has intentado?

—No —dice Mabel, negando con la cabeza—, pero una noche *sí* intenté contar las estrellas. Tuve que parar porque eran muchísimas. Al principio me puse triste, pero luego me di cuenta de que cada estrella es un deseo. ¿Te imaginas? ¿Un cielo infinito lleno de deseos?

—No —respondo—, pero *sí* me puedo imaginar un cielo infinito lleno de primas.

Diciendo eso, me imagino las caras de todas mis primas mirándome desde arriba y siento un escalofrío.

—Ya quisiera *yo* tener un montón de primas —dice Mabel—. Las pocas que tengo viven en Filipinas. Este es el número de veces que las he visto —dice, haciendo un cero con los dedos.

—Eso es mejor que verlas todos los días.

—¿Por qué?

—Porque cada vez que me meto en un problema, hay una prima detrás.

Mabel se rasca la cabeza, lo que quiere decir que está pensando.

—Pero... —dice—, antes de que siga hablando, ¿me prometes que no te enfadarás?

—Te lo prometo —respondo, y me pongo la mano en el corazón.

—Bueno —continúa Mabel—, no *siempre* es así. Algunas veces te metes en problemas en la escuela, y tus primas ni siquiera están allí.

Tiene razón hasta cierto punto, pero le falta información.

—Sigue siendo culpa de ellas —le explico—. Cuando se me olvida la tarea, es porque alguna prima vino a casa y me distrajo. Cuando la hago mal, es porque alguna prima me ayudó con las respuestas. Y cuando me meto en otros problemas, es porque alguna prima me sembró una mala idea en la cabeza.

Mabel se ríe.

—¿De qué te ríes?

—De nada. Me imaginé un montón de hojas saliéndote de las orejas cuando dijiste "me sembró".

Yo también me río.

—Así que, como ves —continúo—, tener demasiadas primas trae mala suerte, sobre todo cuando una de ellas celebra su quinceañera y no te invita a ser parte de su corte.

Es la primera vez que Mabel está en una quinceañera, así que le explico que solo pueden ser catorce damas, una por cada año de vida de la cumpleañera. Primero, Mirasol escogió a algunas de sus amigas. Las demás plazas fueron para las primas, pero no me eligió a *mí*. Mi papá tiene seis hermanos, y su hermana mayor, tía Margo, tuvo cinco hijas, una detrás de otra. Les decimos las "quintis", de "quintillizas". Dos de ellas ya tienen más de veinte años, pero las demás todavía son adolescentes. Eso sin contar los otros hermanos de mi papá y *sus* respectivas hijas. Casi todas son mayores que yo, así que a ellas les toca toda la diversión.

¡Lo peor es no poder estar en la foto oficial! Hace unas semanas, Mirasol y sus damas de honor fueron a retratarse con un fotógrafo profesional en las fuentes que están delante del museo de arte. Le dieron una copia de la foto a mi abuela, que la enmarcó y la colgó en el pasillo de la casa, junto a otras fotos de eventos especiales. Yo no estoy en ninguna, así que es como si no existiera.

Me desanimé mucho después de ver la foto y nada conseguía alegrarme. A los pocos días, Mirasol me invitó a su casa. Me pidió perdón y me explicó que había elegido a las primas que formarían parte de su corte por edad, empezando por las mayores, para que no hubiera favoritismo. Y me pintó las uñas. Hasta me hizo unas palmeritas en el dedo anular y le pintó los cocos con un esmalte de brillos. Después de tanta amabilidad, no podía seguir triste. Pero, aun así, pienso que debió haber elegido a las primas más *simpáticas* en lugar de a las mayores porque, en *ese* caso, me habría escogido a *mí* con toda seguridad.

Busco con la vista a Mirasol. Está posando para las fotos debajo de un arco de flores moradas. Su hermoso vestido blanco tiene muchos volantes y encajes, y una tiara brillante adorna su cabello rubio, que no es rubio *de verdad*; ella se lo tiñe. Mis otras primas también están allí: Estrella, que se pasa el día corriendo; Nancy, que hace extraños experimentos científicos en su garaje; e incluso Kimberly, cuya clase favorita es el taller de manualidades. Todas llevan el mismo traje largo morado, porque hay que vestirse en combinación cuando formas parte de la corte real.

—Se me ha ocurrido una idea —dice Mabel, y me pone la mano en el hombro.

—¿Sí? ¿Algo mejor que formar parte de una quinceañera, ponerse un bello vestido morado y estar en la foto oficial?

—Sí —dice Mabel, y me señala la cabeza—. Al menos puedes llevar un sombrero vaquero, y a ti lo que más te gusta en el mundo son los sombreros.

La miro y sonrío. Llevo puesto un sombrero vaquero precioso. Es blanco como mis botas y tiene una banda amarilla que hace juego con mi vestido.

—Es verdad —le digo—. Las damas de honor no pueden llevar sombreros.

Justo en ese momento, mis papás vuelven a pasar bailando frente a nosotras.

—¡Salgan a bailar! —insiste mi mamá.

Suspiro.

—¿Qué te pasa? —pregunta Mabel.

—¿Cómo puedo bailar con un sombrero vaquero si no están tocando música *country*?

Ahora es Mabel la que suspira.

En este momento tocan "Bésame", un canción de amor, y mis papás bailan despacito. Luego, un clásico, "Rockin' Robin", de Michael Jackson. Mi abuela carga a mi hermano Alex hasta la pista. Alex tiene dos años. Mi abuela le da vueltas y sus carcajadas suenan más alto que la música. Después ponen canciones pop, ¡por más de veinte minutos!

Comienzo a pensar que la noche no podría ir peor, cuando la veo a *ella*, a mi prima Claudia, la de la nariz gigante. Está en quinto grado igual que yo. No soporto la forma en que me da órdenes y presume de todo: que la condecoraron por buena asistencia, que ganó un concurso de carteles, o que está en la foto que cuelga en la pared de mi abuela. Claudia es un mes mayor que yo y por eso es dama de honor, a pesar de que *yo* no soy presumida ni mandona como ella.

Mi prima se acerca con su cara de malvada. Llega a donde estamos Mabel y yo y señala mis botas vaqueras.

—Esto es un baile, *no* un rodeo. Esas botas se llevan con jeans, no con vestidos.

—Puedo ponerme lo que quiera *cuando* quiera —le respondo.

—¿Te pondrías un bikini para ir a la iglesia? —pregunta—. ¿O pijamas en la escuela?

Quiero decirle que con mucho gusto haría ambas cosas, pero luego me imagino que las monjas me regañarían y que mis maestros me mandarían a la dirección.

—Supongo que no —dice Claudia, porque sabe que no tengo respuesta—. Es de mal gusto llevar botas con un vestido —concluye, y se marcha antes de que yo pueda responder.

Entrecierro los ojos mientras la veo alejarse. ¡Estoy tan furiosa!

Claudia se sienta a una mesa con su mamá y mi abuela. Me parece que están hablando de mí. Cuando Claudia se da vuelta y me mira, mi tía y mi abuela también me miran. ¡Sin duda están hablando de mí! Si hay algo que odio es el chisme, y en mi familia hay mucho. No puedes decir ni hacer nada sin que todo el mundo lo sepa. Mi única esperanza es que mi abuela la esté regañando por decir cosas malas. Pero, ¡un momento! No parece estar brava. Parece más bien preocupada. ¡Le toma la mano a Claudia!

—Me siento traicionada —digo.

—¿Por qué? —pregunta Mabel.

Me encojo de hombros, demasiado frustrada para explicarlo.

Poco después, Claudia abandona la mesa, atraviesa la pista de baile y abre de golpe la puerta que da al recibidor del salón.

—Vamos a seguir a mi prima —le digo a Mabel.

Cuando llegamos al recibidor, no vemos a Claudia por ningún sitio. Solamente hay cuatro lugares donde podría estar: el estacionamiento, el baño de hombres, el baño de mujeres o el salón nupcial.

—La lógica dice que Claudia debe estar en el baño de mujeres —digo, y señalo la puerta.

Mi papá es fanático de *Star Trek*, por lo que me he acostumbrado a decir cosas como "que así sea", "súbeme, Scotty" o "la lógica dice". No puedo evitarlo, se me han pegado.

Entramos al baño de mujeres, pero Claudia no está. Mabel se agacha y mira por debajo de las puertas.

—Parece vacío —dice.

—¿Claudia? —la llamo—. Claudia, sé que estás ahí.

Silencio total. Tal vez esté subida a uno de los inodoros.

—¿Te encaramaste sobre un inodoro? —pregunto.

Nada. Pero, para asegurarme de que no está escondida, abro todas las puertas. No hay nadie.

—Apuesto a que salió —sugiere Mabel.

—Tal vez esté en el vestidor —digo—. Y si está ahí se va a buscar un gran problema. Mi tía Sandra nos advirtió que no entráramos ahí porque no quiere que toquemos los cosméticos de Mirasol.

Nos dirigimos al vestidor que está al lado del baño. En realidad son *tres* cuartos: un cuartico pequeño con un sofá; una habitación con un espejo enorme, un tocador con muchos estuches de maquillaje y un mostrador con una plancha para alisarse el cabello y una decena de productos diferentes para el pelo; y otro baño. Ya le había echado un vistazo antes. Es muy elegante, ambientado con lavanda y adornado con un cuadro con flores, y hay espacio suficiente para que las novias se prueben sus vestidos abultados. La puerta del baño está cerrada, pero oigo a alguien adentro. ¡Ajá!

Me llevo un dedo a los labios para decirle a Mabel que no haga ruido. Después, vamos en puntillas al cuarto del sofá.

—Voy a encerrar a Claudia en el baño —le digo a Mabel.

—¿Por qué? Solo vas a conseguir que se enoje.

—Esa es la idea —respondo—. Ella me molesta a *mí*, así que yo debo molestarla a *ella*.

—O podríamos olvidarnos de Claudia y volver al salón —sugiere Mabel.

—Claudia se cree muy fina para ir al otro baño —continúo—. Si quiere un baño de lujo para ella sola, lo tendrá. Además, no te imaginas lo malvada que puede ser. En realidad, dejarla un ratito encerrada en el baño no es nada.

Me acerco en puntillas al vestidor, pero Mabel no me sigue.

—Te espero aquí —me dice cuando le reclamo con la vista.

Así que voy sola y, en cuanto entro, oigo que descargan el inodoro del baño. Tengo que actuar rápido o perderé la oportunidad. Por suerte, hay una silla de madera cerca. La agarro y la pongo debajo de la manija.

Casi enseguida veo que tratan de abrir la puerta pero, por supuesto, no se puede.

—¡Eh! —grita Claudia—. ¿Quién anda ahí?

Oigo a Claudia empujar la puerta y la imagino golpeándola con el hombro. No puedo evitar sonreír.

—¿Eres tú, Luna? —pregunta Claudia—. ¡Más te vale que abras ahora mismo!

En lugar de abrir la puerta, salgo corriendo antes de que me descubran. Esta vez, Mabel me sigue y no paramos hasta llegar al salón de baile.

—Te vas a meter en problemas —me advierte.

Seguramente tiene razón. Pienso en volver, pero me acuerdo de cuando Claudia puso una cucaracha muerta en el cajón de mi ropa interior y me dijo que, si seguía comiendo en mi cuarto, se iba a llenar de cucarachas *vivas*.

Así que tal vez me meta en problemas por encerrarla en el baño, pero al menos me habré vengado.

Olvidar

De vuelta en el salón de baile, intento **olvidar** que Claudia está encerrada en el baño, pero Mabel no me deja.

—Claudia lleva ya un minuto encerrada —dice—. Es hora de que la dejes salir.

—De ninguna manera.

—Ya te lo dije, Luna, te vas a buscar un gran problema.

—¿Por qué me voy a buscar un problema? Nadie me vio. A menos que Claudia pueda ver a través de las puertas, no hay forma de que demuestre de que fui yo.

—Pero, ¿no te da lástima? —pregunta Mabel—. Si yo estuviera encerrada en el baño, me daría miedo quedarme ahí, sin otro lugar donde sentarme que un incómodo inodoro —dice, y frunce el ceño—. ¿Y cuando se quede sin papel higiénico? ¡Qué horror!

—¡Ya basta! —le digo—. Estás exagerando. No se quedará ahí para siempre. Solo unos minutos más.

El DJ pone otra canción.

—¡Música *country*! —digo, entusiasmada. En efecto, ¡es "Boot Scootin' Boogie", mi coreografía favorita!—. Vamos a bailar esta canción y después rescatamos a Claudia.

—¿Lo prometes?

—Sí, lo prometo. Solo cinco minutos.

Mabel echa un vistazo en dirección al vestidor y luego mira la pista de baile.

—De acuerdo. Cinco minutos —dice.

Corremos a la pista y nos ponemos en la fila entre mi abuela y mi papá. Damos un paso adelante con el pie derecho y taconeamos. Luego hacemos lo mismo con el pie izquierdo. Hacemos un montón de pasos más y después juntamos los pies y damos palmadas. Y lo repetimos todo otra vez. Yo lo hago mejor que los demás porque llevo botas vaqueras y en esta canción todo, hasta el nombre, tiene que ver con botas.

Cuando termina la canción, Mabel se dirige al vestíbulo, pero la sujeto por la muñeca.

—Una más —digo, porque el DJ ha puesto otra canción *country*: "Cotton-Eyed Joe". Es música tejana y mi baile preferido, porque es cuando único puedo decir una mala palabra. Nos ponemos en fila y damos saltos hacia adelante y hacia atrás mientras pateamos y cantamos.

—Deberíamos ir a buscar a Claudia ahora. Lo prometiste. Más de una vez —dice Mabel, cuando termina la canción.

—¡Estás loca! Seguro que ya hace como diez minutos que salió. Un montón de gente debe haber usado ese baño.

—Yo no la veo —dice Mabel, mirando alrededor—. ¿Y tú?

La verdad es que todavía están poniendo música *country* y quiero bailar con mis botas.

—Ven —digo, tomándole la mano a Mabel.

—Sí, pero, ¿y tu prima?

—Ella está bien.

Y es verdad, porque de pronto veo a Claudia entrar en el salón de baile junto a Nancy, su hermana mayor.

—¡Mira! —señalo.

Mabel la ve y suspira aliviada. Después oímos las primeras notas del baile de los pollitos. Nos encanta ese baile porque todos nos ponemos a hacer tonterías y, cuando vemos a mi abuela hacer como un pollito, nos morimos de la risa.

Ahora que Claudia salió del baño, Mabel está más relajada. Mi papá me saca a bailar la próxima canción y, mientras doy vueltas por la pista con él, veo que Mabel está bailando con Alex. Bueno, eso no es bailar, más bien están dando saltos agarrados de la mano, pero a nadie le importa. Mucha gente se inventa sus propios pasos.

Termina la música y Mabel se encamina hacia nuestra mesa. Veo también que Claudia y su mamá, tía Nena, se acercan mí. Si voy a la mesa, querrán hablar conmigo. Claudia no puede demostrar nada, pero de todos modos me echará la culpa de lo que pasó en el baño. Tengo que esconderme lo antes posible y el mejor lugar es la pista de baile.

—Vamos a seguir bailando —le digo a Mabel—. Es "Y.M.C.A.", y mira, uno de los chicos de la banda lleva un sombrero y botas como yo.

Vamos hacia el centro de la pista y hacemos como si fuéramos porristas, formando las letras "y", "m", "c" y "a", con los brazos. Cuando termina la canción, me quedo en la pista, aunque ya se acabó la música. Cuanto más bailo, más me olvido de Claudia y de no ser una dama de la corte de Mirasol.

Justo cuando comienzo a pensar que la fiesta ha sido un éxito, mi mamá me ve y me llama. Junto a ella están Claudia, mi prima Kimberly y mi tía Nena.

—¿Es cierto que encerraste a Claudia en el baño? —me pregunta cuando me acerco.

Yo sé que está mal mentir, pero a veces es bueno; como, por ejemplo, cuando mi tía Priscila quiere saber qué opino de su nuevo color de pelo (que es el mismo de los Cheetos y que luce horrible cuando te pinta los dedos y más feo aún cuando te pinta la cabeza), pero si le digo la verdad me meto en problemas y hiero los sentimientos de mi querida tía. Todo esto pasa por mi cabeza cuando mi mamá me pregunta si encerré a Claudia en el baño. Por eso miento, pero mentirle a mi mamá no es fácil. Cuando estoy nerviosa, hablo muy rápido, por lo que de mi boca salen un montón de palabras que no puedo controlar.

—¿Y por qué la encerraría en el baño? Estoy demasiado ocupada pasándola bien. ¿No me pediste que bailara? Bueno, pues bailé. Llevo toda la noche siguiendo tus órdenes. Pregúntale a papá. O a abuela. Ellos estaban bailando conmigo. Piénsalo. ¿Cuándo hubiera tenido tiempo de encerrar a alguien en el baño? Además, no tengo fuerza en los brazos. Apenas puedo levantar una caja de zapatos, ¿cómo iba a levantar una silla?

Mi mamá cruza los brazos, lo cual es mala señal.

—¿Y quién mencionó una silla?

Vaya. Ahora sí que me pescaron.

Mi mamá comienza a gritarme. Mabel baja la cabeza, aunque no es *ella* la que está metida en líos.

—¿Qué te pasa? —me regaña mi mamá—. Claudia es tu prima. Se supone que la tienes que tratar bien. No debes encerrarla en el baño.

—Ella empezó —digo—. Puso una cucaracha muerta en el cajón de mi ropa interior.

—*Tú* rompiste las cuerdas de mi ukelele —salta Claudia.

—¡Solo después de que me hicieras una foto dormida con la boca abierta y la publicaras en Instagram!

—Pero le dieron veintisiete "me gusta".

—¡Y le pusieron un comentario diciendo que me había babeado!

—¡Chicas! —grita mi mamá.

—¡Cállense! —dice mi tía Nena al mismo tiempo, pero Claudia no ha terminado.

—Estuve encerrada en ese baño mucho tiempo. Pensé que alguien quería secuestrarme. ¡Temí por mi vida!

¡Qué mentirosa!

—No temías por tu vida —digo—. Sabías que era yo desde el principio.

—Pero no estaba *segura* de que fueras tú porque me dejaste allí sin decir media palabra. ¡Yo pensé que iba a estar secuestrada *para siempre*!

Entonces se echa en brazos de su madre. El drama se le da muy bien. Kimberly, que está detrás, pone los ojos en blanco. Al menos alguien en la familia reconoce lo exagerada que es Claudia.

Ahora mi tía Nena me está gritando, pero no sé qué dice porque grita en español y mis papás nunca me hablan en español. Después de una eternidad, mi tía para y recobra el aliento pero, cuando lo hace, mi mamá comienza de nuevo.

—Podría castigarte dándote más tareas —me dice—. También podría no darte más dinero o prohibirte que salgas. Pero parece que ninguna de esas cosas funcionan, así que…

Mi mamá se queda pensativa. Estoy segura de que si tuviera el cráneo transparente, probablemente vería un montón de chispas saltando en su cerebro.

—¿Así que, qué? —digo, y hago una mueca de dolor.

—Vas a estar un mes entero sin ponerte sombreros ni nada en la cabeza.

Me quedo sin aliento. Todo el mundo sabe que adoro los sombreros y todo tipo de gorros. Todo el mundo sabe que los *necesito*. Y, como no están prohibidos en mi escuela, me pongo uno todos los días.

—Pero… —intento hablar.

—No hay peros que valgan —responde mi mamá—. Y ahora, pídele perdón a Claudia.

Como no digo nada, me da un empujoncito.

—Lo siento —digo entre dientes.

Pero mi mamá quiere más.

—¿Y?

—Y prometo no hacerlo nunca más.

—¿Y?

—Y prometo ser amable de ahora en adelante.

Por fin, parece satisfecha.

—Bueno —dice—, vas a tener muchas oportunidades de ser amable porque Claudia va a empezar a ir a tu escuela.

—¿Cómo? —digo, sin poder creerlo—. ¿Cuándo?

—El lunes.

—¿Sabías eso? —le pregunto a Claudia.

Mi prima asiente y sonríe, pero no es una sonrisa amable. Parece un caimán a punto de cerrar las mandíbulas y no puedo evitar pensar que esas mandíbulas se van a cerrar sobre mí.

El chisme

En mi familia contamos tantos **chismes** que tenemos nuestra propia cadena de noticias las veinticuatro horas del día, pero en lugar de CNN o Fox News, la llamamos el Canal Chisme. Cuando mi prima Josie quería terminar con su novio porque él no paraba de hablar de cosas raras, como la cantidad de sudor que producen los pies (¡una pinta por día!) o el número de hamburguesas que vende McDonald's (¡setenta y cinco por segundo!), las demás primas y yo lo supimos antes que él. También supimos que Estrella había ganado su primera carrera de atletismo, pero la noticia que llegó hasta *mí* era que Estrella iba a participar en los Juegos Olímpicos porque había roto un récord mundial. Eso no fue lo que pasó, claro. Había roto el de su *escuela*, un récord que hasta la persona más lenta que jamás haya participado en una olimpiada puede romper. Y, aunque yo no dije nada, mis primas supieron que en segundo grado había inundado el baño de las chicas cuando tiré al inodoro un sombrero que tenía una bola de peluche, y que en tercer grado me caí en el fango cuando salté por la ventana del salón porque no sabía que la alarma de incendios era falsa y pensé que salir andando por el largo pasillo no era la mejor forma de evitar las llamas y la inhalación de humo, y que en cuarto grado me mandaron a la dirección porque en un dibujo que hice de mi maestra le dibujé pelos en la nariz. ¡No era mi intención reírme de ella! Solo quise ser realista y dibujar todos los detalles, pero eso no le importó a nadie. Mis primas se enteraron y no pararon de reírse, incluso cuando les expliqué que la maestra ya no tenía pelos en la nariz porque se los había quitado cuando vio el dibujo, lo cual demuestra que en realidad le había hecho un favor.

Por eso estoy absolutamente segura de que hay chismes rondando sobre la quinceañera de anoche. Tal vez le pasó algo vergonzoso a una de mis primas o pescaron a alguna besándose con un chico.

Abro mi *laptop* para hablar por Skype con Paloma. Ella tiene dos años más que yo y ya va a la escuela intermedia, pero me trata como si *yo* también fuera a la escuela intermedia. Por eso me cae tan bien.

—¡Prima! —me dice cuando aparece su cara en la pantalla.

—¡Prima! —le respondo.

No pierde ni un minuto. Va directo al chisme pero, en lugar de hablar de otra persona, ¡habla de mí!

—Qué noche más loca, ¿no? —comienza—. No puedo creer que hayas encerrado a Claudia en un armario durante la quinceañera.

—En el baño —digo, corrigiéndola.

—¡Y que se quedara encerrada por tres horas enteras!

—Fueron si acaso 30 minutos.

—¡Y que ahora no puedas llevar sombreros por el resto de tu vida!

—Por un mes —digo—. Pero sí, *parece* una eternidad.

En la pantalla veo una guitarra, un atril y el traje de mariachi de Paloma colgado en la puerta de su armario. Parece que lo acaban de recoger de la tintorería. El vestido morado que se puso la noche anterior está hecho un rollo encima de la cama.

Luego entra Mirasol en el cuarto, con el celular en la oreja. Lleva un pijama arrugado. Tiene el pelo alborotado y los ojos manchados de rímel. Supongo que ser una reina quinceañera la ha dejado agotada.

—¿Con quién hablas? —le pregunta Paloma a su hermana.

—Con Celeste —responde Mirasol.

Nuestra prima Celeste tiene la misma edad que Mirasol, así que *siempre* están hablando.

Mirasol le echa un vistazo a la pantalla. Igual que Paloma, va directamente al chisme.

—No puedo creer que me perdiera el alboroto que armaste ayer. Celeste dice que encerraste a Claudia en el maletero de un auto toda la noche.

—No —respondo, riéndome—. ¿De dónde sacó esa idea?

—Dijo algo de un secuestro —responde Mirasol, encogiéndose de hombros.

—¿Secuestro? —digo, y luego me acuerdo—. Bueno, Claudia exageró para meterme en más problemas. Lo único que hice fue encerrarla en un baño.

Mirasol le cuenta a Celeste. Después se tumba en la cama de Paloma, encima del vestido arrugado, y comienza a hablar de su novio. Paloma pone los ojos en blanco y voltea la pantalla. Ahora, en lugar del traje de mariachi, al fondo veo una cómoda con un montón de libros y juegos de mesa.

—¿Oíste que han cambiado a Claudia a mi escuela? —digo, y Paloma asiente—. ¿Por qué? ¿No va al Sagrado Corazón? ¿No está siempre presumiendo de ir a una escuela privada?

—Me dijeron que le llevó la contraria a una de las monjas —dice Paloma.

—¿En serio? ¿Qué le dijo?

—No sé. Probablemente tuvo que ver con las tareas. Solo llevamos dos semanas de clase y ya se estaba quejando.

—O sea, ¿que la echaron porque no quería hacer las tareas? —digo, negando con la cabeza como hace mi mamá cuando *yo* no hago las mías.

—Esa no es la razón —interrumpe Mirasol, fuera de la pantalla.

Paloma se vuelve hacia su hermana para saber más. Yo miro en la misma dirección, aunque no puedo ver a Mirasol.

—Tío Freddy compró un yate —dice—, así que no tienen dinero para pagar una escuela privada. Hubo una gran pelea en su casa. Tía Nena le dijo que una buena *educación* vale más que cualquier *diversión*, pero tío Freddy dijo que siempre había querido tener un yate y que Claudia podía ir a la escuela pública, como todo el mundo. —Mirasol deja de hablar, pero oigo que murmura "hmm" y "ahhh"—. ¡Celeste dice que tía Nena estaba tan furiosa que le lanzó al yate una caja de pollo frito de Popeyes! —continúa diciendo—. Me pregunto si era picante o no —dice, riéndose, y sigue hablando por teléfono, pero su voz apenas se escucha.

—Ya se fue —dice Paloma—. No soporto la forma en que entra a mi cuarto todo el tiempo. No tengo privacidad.

—¿Crees que sea verdad? —pregunto—. ¿Lo del yate y el pollo frito?

—Qué va. Seguro Celeste lo inventó porque Claudia se fue de lengua anoche cuando la encontró besándose con su novio en el estacionamiento.

Finjo estar sorprendida, aunque no lo estoy.

—Ahora Celeste está castigada —dice Paloma—. No puede llevar sombreros durante un mes.

—¿De verdad? ¿Ella tampoco puede llevar sombreros?

—No, espera… —Paloma se rasca la barbilla con la mano—. Eres *tú* la que no puede llevar sombreros. Supongo que a Celeste le pusieron otro castigo. En fin, está muy enojada y dice que no le volverá a hablar a Claudia. —Paloma niega con la cabeza y continúa—. Estoy segura de que a Claudia la echaron del Sagrado Corazón por responderle a una de las monjas. Tiene más sentido. Seguramente usa lo del yate como excusa porque no quiere que nadie sepa que se metió en problemas. Ya sabes cuánto le gusta presumir.

—Ni me lo digas —respondo, recordando cómo Claudia presumía de ser dama de honor porque sabía que *yo* también quería serlo.

—¿Te conté de la vez que…? —comienza Paloma.

Me cuenta diez, tal vez veinte veces en las que Claudia se ha comportado como si fuera mejor que los demás. Yo me limito a contestarle "¡No me digas!", "¡No te creo!", "¡Eso sí que es ridículo!" y "¿Quién se habrá creído ella que es?".

Hablamos casi una hora y nos reímos mucho. Pero, cuando colgamos, noto que mi papá está parado a la entrada de mi cuarto con los brazos cruzados.

—¿Estabas escuchando la conversación? —le pregunto.

No responde ni que sí ni que no.

—Si no tienes algo bueno que decir, mejor no digas nada —me dice.

"Vaya", pienso, "Claudia ni siquiera está aquí y aun así me causa problemas".

El domingo

Hoy es **domingo,** así que el lunes no está muy lejos. Y ese es el día en que Claudia debe comenzar en mi escuela. Eso no puede suceder. Simplemente, ¡*no puede ser*!

La escuela es el único lugar donde descanso de mi familia. Algunas de mis primas van a la misma escuela secundaria y no hacen más que espiarse unas a otras. Si Claudia va a *mi* escuela, hará lo mismo. Le contará a su mamá todo lo que hago y su mamá se lo contará a mi mamá y mi mamá me lo contará a mí. Y, para cuando llegue a mí la historia, estaré metida en problemas, sobre todo porque Claudia se concentrará en las cosas malas y, muy convenientemente, olvidará mencionar lo bueno, a pesar de que la mayoría de las veces me porto bien.

Tengo que hablar con mi mamá. Tal vez ella pueda convencer a Claudia de que vaya a otra escuela. Primero, la busco en el cuarto de Alex, pero me acuerdo de que Alex está en el parque Cole con mi papá. La busco en la cocina, pero mi mamá no está fregando los platos ni picando verduras ni horneando tartas. Miro en el cuarto de costura, donde hace manualidades. Tampoco está allí. Echo un vistazo al cuarto de la lavandería, al garaje y, finalmente, al patio trasero. Allí está, barriendo las hojas.

—¿Por qué han transferido a Claudia a mi escuela? —le pregunto—. ¿Es porque mis tíos tuvieron que declararse en bancarrota después de comprar un yate al que tía Nena le lanzó pollo frito y puré de papas?

—¡Vaya imaginación que tienes!

—Entonces, ¿no están en bancarrota?

—No.

—Pero solo hace dos semanas que comenzaron las clases. ¿Acaso Claudia le contestó mal a las monjas? ¿Es por eso que la cambian de escuela?

—No, no hizo nada de eso. La cambian porque en su escuela solo hay un grupo de coro. No tienen ningún club ni practican deportes. Ella es buena en *kickball* y quiere practicar más para poder entrar en la Liga Juvenil Femenina de *Kickball* la primavera que viene.

—¿Pero por qué Woodlawn? ¿No puede ir a otra escuela?

—Pues, no. Vive en el distrito de Woodlawn.

—Pero debería quedarse en el Sagrado Corazón. Va a extrañar a sus amigos. Es difícil hacer amigos en una escuela nueva.

Mi mamá busca el recogedor para meter las hojas en una bolsa de basura.

—*Tú* estarás allí y tú eres su prima, así que ya tiene una amiga —dice cuando termina de recoger las hojas.

—¡Pero no es lo mismo una amiga que una prima!

—Eso es cierto. Las amigas van y vienen, las primas son para siempre —dice, recogiendo más hojas.

—Si eso es así, seré *infeliz* el resto de mi vida.

Mi mamá suspira. Veo que está empezando a perder la paciencia. ¿Por qué no me entiende?

—Las amigas pasan tiempo juntas porque *quieren* —intento explicarle—, no porque *tienen* que hacerlo. Podría darte cien razones por las que las amigas son mejores que las primas.

—¿Sí? —dice mi mamá, guardando las herramientas de jardinería—. Ya me has dado una, ¿cuáles son las otras noventa y nueve?

—De acuerdo —respondo, pero no se me ocurre ninguna más, no porque no existan, sino porque la mente se me pone en blanco cuando estoy bajo presión—. Bueno, deja ver.

Le doy vueltas a un mechón de pelo con un dedo y, mientras, mi mamá espera.

—¿No te gusta jugar al voleibol cuando vamos a la playa? —pregunta, después de un rato.

Asiento con la cabeza.

—No habría suficiente gente para formar un equipo sin tus primas, ¿verdad?

No me queda más remedio que asentir de nuevo.

—Y, ¿quiénes te compraron los boletos de la rifa de tu escuela?

—Mis primas —admito.

—Exactamente. Y tus primas siempre te están dando libros, sombreros y juegos que ya no utilizan.

—Usados —digo.

—*Regalados* —me responde—. ¿Quiénes te enseñan los pasos de baile y las recetas de galletas? ¿Quiénes te invitan a las fiestas? ¿Quiénes te apoyaron y te animaron cuando hiciste el papel de aldeana número dos en el montaje de *El flautista de Hamelín* en tu escuela?

¡Primas, primas, primas! Son la respuesta a *todo*. Y sí, algunas de mis primas son amables, divertidas e interesantes, pero otras son mandonas, pesadas y malas. Son como una bolsa de panes: algunos están frescos, otros están muy secos, otros están dulces, otros están agrios.

—De acuerdo —digo, dándome por vencida—. Pero sigo pensando que las primas no son mejores que las amigas.

Me voy antes de que me siga dando más razones.

Está claro que mi mamá no me va a ayudar. Ella cree que tener a Claudia en mi escuela es como ganarse un viaje a Las Vegas y mil dólares en una máquina tragamonedas. Si mi mamá no quiere ayudarme, tal vez mi abuela lo haga. Voy corriendo hasta su casa. Vive al cruzar la calle, así que la visito a menudo. Dicen que la gente mayor es sabia, y es cierto. Mi abuela, además, sabe escuchar. Siempre me deja hablar de mis problemas.

—¡Abuela! —llamo a través de la puerta mosquitera.

Mi abuela abre el cerrojo y, con la mano, me invita a entrar. Después señala la mecedora. Me siento y comienzo a mecerme. Mi abuela y Gato se acomodan en el sofá.

—¡Tengo una noticia terrible! —grito, en parte porque la mecedora hace mucho ruido y en parte porque estoy molesta—. ¡Claudia va a empezar en mi escuela!

—Ya lo sé —dice—. Qué bueno.

—*No* es bueno —le digo—. Es horrible. ¡Es lo más horrible del mundo!

Mi abuela acaricia a Gato, que comienza a ronronear. Luce tan tranquilo. Quisiera sentirme así también.

—Me va a espiar —continúo—. Les contará todo a mis papás: si saco malas notas, si se me olvidan las reglas o si las rompo... aunque la regla ni siquiera exista. —Me estoy meciendo muy rápido—. También les dirá todo a mis *maestros*: si no hago mis tareas o si digo algo malo, aunque sea verdad, como la vez que dije que la entrenadora estaba engordando. Pensé que estaba comiendo demasiadas hamburguesas. No sabía que estaba embarazada. Fue un error inocente, pero a Claudia no le importan mis *intenciones*. Solo quiere meterme en problemas. ¡Y si vamos a la misma escuela no saldré de uno para entrar en otro!

Le cuento que un día Claudia puso pedazos de jalapeño en mi sándwich cuando yo no miraba, y que otra vez me pidió prestada una camiseta y la manchó con la salsa del perro caliente que estaba comiendo. Dijo que fue sin querer, pero yo sé que lo hizo a propósito. Y… bueno… tal vez yo me robé los cordones de sus tenis favoritos, ¡pero fue porque ella perdió un libro que yo había sacado de la biblioteca! Tuve que pagar una multa para poder volver a la biblioteca. Y, siempre que mi mamá me llama Luna Fortuna, Claudia susurra que hay buena y mala fortuna y, haciendo una mueca, me dice que adivine cuál es la mía.

—Yo debo tener mala fortuna —le digo a mi abuela—, porque no hay peor suerte que tener a Claudia en mi escuela.

Ya no me estoy meciendo tan rápido. He reducido la velocidad. Tanto mecerme y hablar me ha agotado.

—¿Qué voy a hacer? —pregunto llorando—. No puedo dejar que conozca a mis amigos. ¡Va a querer avergonzarme!

Mi abuela se queda callada un largo rato. Es muy sabia y la gente sabia nunca habla sin pensar lo que va a decir. Después de mucho tiempo, asiente con la cabeza.

—La sangre es más espesa que el agua —dice en español.

Cuando me hablan en español, lo que entiendo es "vamos, bla, bla, bla" o "bla, bla, galleta, bla, bla". Así que cuando mi abuela me da su sabio consejo, lo que escucho es "bla, bla, bla, agua". Intento traducirlo, pero solo consigo entender que debo beber agua cuando esté enojada con Claudia.

—Buena idea —digo, y voy a la cocina para beber agua. Me tomo un vaso entero y, cuando regreso, mi abuela continúa sentada en el sofá con Gato—. Gracias. Me siento mucho mejor ahora.

—Qué bueno —sonríe.

La luna

Tal vez les parezca raro que me llame como la **luna,** que es un cuerpo celeste, pero muchos en mi familia tienen nombres relacionados con el cielo. Mi prima Estrella, por ejemplo, o mi prima Mirasol, o Celeste. También está Paloma, y aunque los pájaros no cuelgan del cielo como las estrellas y la luna, vuelan en él, así que Paloma también está relacionada con el cielo. No sé qué significa Claudia en español, pero suena como *cloud,* que en inglés significa "nube". Una nube que parece tener un rostro con la nariz gigante.

A mí me pusieron Luna por casualidad. Mi mamá es muy supersticiosa. Cuando eres supersticioso, crees que hay cosas que traen mala suerte. Algunas cosas traen mala suerte solo porque mi mamá lo dice, como dejar la ropa sucia en el suelo, o comerse las uñas, o asustar a mi hermano por la noche. Hay otras cosas en las que *todo el mundo* está de acuerdo que traen mala suerte, como pasar por debajo de una escalera, o desparramar sal o abrir un paraguas dentro de la casa.

Mi nombre se debe a una superstición. Alguna gente cree que si una mujer embarazada mira la luna durante un eclipse lunar, su bebé nacerá con un lunar que le cubrirá la mitad de la cara.

Mi mamá conocía esa superstición. En cuanto quedó embarazada, todas sus hermanas le dijeron que no mirara la luna.

Y, ¿qué hizo? Miró la luna. Dice que no pudo evitarlo, que la luna estaba hermosa.

Claro que se sintió fatal después de mirarla. No quería que su bebé naciera con un lunar grande, así que le rogó a la luna que la perdonara. En realidad, no le rogó a la luna, le rogó al *conejo* de la luna.

¡Sí! Hay un conejo en la luna. En Estados Unidos la gente ve un hombre en la luna, pero en México ven un conejo. Yo vivo en Estados Unidos, en Corpus Christi, "la ciudad que brilla junto al mar", en el sur de Texas. Pero, hace mucho tiempo, Corpus Christi era parte de México, así que aquí vemos algunas cosas al estilo mexicano.

Para ver el conejo, hay que fijarse en las manchas oscuras de la luna llena. El cuerpo del conejo está acurrucado en el borde. La mancha grande es la cabeza, que tiene dos orejas largas que se extienden hacia el centro.

Así que mi mamá le pidió al conejo de la luna que borrara el lunar de mi cara. ¡Y el conejo le hizo caso! Yo nací con la buena fortuna de tener diez dedos en las manos, diez en los pies y una hermosa cara sin lunares. Mi mamá estaba tan agradecida que me puso Luna en honor de la luna. Y, como la superstición no se cumplió, me dice Luna Fortuna, aunque ese no sea mi nombre oficial.

Yo también le estoy agradecida a la luna, pero más aún al conejo. John-John McAllister, un chico de mi escuela, lleva una pata de conejo morada para que le dé buena suerte. Supongo que es supersticioso como mi mamá, pero él no cree en cosas que traen mala suerte, sino en cosas que traen buena suerte. Yo también quiero creer en la buena fortuna. Por eso, quisiera tener un conejo de mascota. Si una pata de conejo trae buena suerte, un conejo *entero* debe traer *mucha* más suerte.

Si yo tuviera un conejo de la suerte, no transferirían a Claudia a mi escuela. Tampoco estaría castigada sin poder usar sombreros. Hubiera preferido que me encerraran en mi cuarto sin cenar durante un mes entero. Hubiera preferido que me pusieran a limpiar el inodoro con un cepillo de dientes, o quitar las telarañas de debajo del fregadero de la cocina. Hubiera preferido escribir "No volveré a encerrar a mis primas en el baño" 5.649 veces, hasta que tuviera calambres en la mano y me sangraran los dedos. En pocas palabras, hubiera preferido cualquier otro castigo porque no llevar sombreros es lo peor que me puede pasar.

He usado sombreros desde que tengo memoria. Mi hermanito menor tiene casi dos años y todavía no tiene mucho pelo. Muchos bebés nacen calvos y yo también nací calva. Mi mamá me cubría la cabeza con gorros bonitos para que la gente supiera que yo era una niña. En todas mis fotos de bebé tengo puesto un gorro. He usado gorros y sombreros toda mi vida y, cuando *no* tengo puesto uno, siento que estoy *desnuda*. Y es muy embarazoso estar desnuda delante de todo el mundo.

Además, no tengo un cabello normal. Es rebelde y rizado, lo cual no me molesta en absoluto. Lo que sí me molesta es *otra* cosa que hace que mi cabello llame la atención.

Como ya dije, cuando mi mamá estaba embarazada, miró la luna, y luego le pidió al conejo de la luna que yo no tuviera lunares en la cara. Pero hay muchos tipos de lunares. Algunos son rojo vino, otros son rosados y otros, de color azulado. Mabel tenía de esos últimos y se le fueron quitando al crecer. Pero yo tengo otro tipo de lunar, ¡un mechón de pelo blanco!

Por eso estoy tan estresada. Hoy es el día en que Claudia comienza en mi escuela y, encima, no puedo ponerme un gorro porque estoy castigada. Si fuera realmente afortunada, me dolería la barriga o me rompería una pierna o tendría turno en el dentista para no tener que ir a la escuela. Pero no estoy enferma. ¿Eso no es *mala suerte*?

No tengo salida. Cuando voy a asearme, abro el grifo y me acuerdo de que beber agua me calma. ¡De verdad funciona! Además, me refresca un dato importante sobre mi mamá: ¡no tiene buena memoria!

Por ejemplo, cuando me dice que va a ir al supermercado, siempre le pido una chocolatina Snickers, pero me trae manzanas. O cuando me pregunta qué quiero para mi cumpleaños, aunque le pida un conejo, me compra libros. Una vez, cuando todavía leía libros de cuentos, *casi* acierta cuando me compró *El cuento de Pedrito Conejo* y, aunque se lo agradecí, no era lo que había pedido. Le dije que no quería *cuentos* sobre conejos, sino un conejo *de verdad*, y ella me respondió que un conejo es una responsabilidad muy grande.

Normalmente, sus problemas de memoria son malos para mí, pero este *tiene* que ser mi día de suerte. Después de todo, no me dicen Luna Fortuna por gusto. Así que me paro delante de mi librero, que en realidad parece un armario de sombreros. Tengo de todos los estilos y colores: vaqueros, flexibles, uno de fieltro que era de mi abuelo, gorros tejidos (sencillos y con orejas de conejito o de perrito), un gorro de Santa Claus y un montón de gorras de béisbol. Los estudio todos y entro en lo que mi papá llama "estado de análisis-parálisis", que significa que no sé por cuál decidirme. Por fin, elijo uno. Puesto que llevo una camisa azul, decido ponerme una gorra de béisbol azul. Tiene dibujado un tiburón porque es del Acuario Estatal de Texas.

De pronto, escucho la voz de mi mamá desde la cocina.

—Luna Fortuna, ¡date prisa!

Parece impaciente. ¿Y si todavía está enfadada porque encerré a Claudia en el baño? ¿Me meteré en *más* problemas si bajo con la gorra?

Me paro frente al espejo. La gorra me queda linda, pero me la quito para ver cómo luzco. Después, me la vuelvo a poner. Otra vez me la quito y me la vuelvo a poner, cuatro o cinco veces más. ¿La llevo o no la llevo?

Si me pongo la gorra, me meteré en problemas pero, si *no* me la pongo, todo el mundo sabrá que tengo poliosis, que es el término que se utiliza para referirse a la enfermedad que me produjo el mechón de cabello blanco. No es contagiosa, pero suena a una enfermedad malísima.

La cocina

Cuando termino de vestirme, bajo a la **cocina**. Llevo la gorra puesta con la esperanza de que mi mamá no se fije, y tengo muchas ganas de tomar mi desayuno favorito: jugo de naranja y Pop-tarts. Puedo oler el aroma del Pop-tart de fresa en la tostadora, así que bajo contenta. Pero, justo al lado de Alex, está Claudia. Está sentada en mi sitio, bebiendo mi jugo de naranja y comiéndose *mi* Pop-tart. Cuando la veo, pienso en cómo Ricitos de Oro se acomodó en la casa de los osos mientras ellos no estaban.

Yo no soy un oso, pero tengo unas ganas tremendas de rugir. Sé que es de mala educación, pero aun así señalo a Claudia.

—¿Qué hace *ella* aquí? —digo

—Tía Nena y yo tuvimos la maravillosa idea de que, como es tan difícil empezar en una escuela nueva, Claudia tome el autobús contigo —dice mi mamá, sonriendo.

—Pero *Mabel* es mi compañera de autobús.

—Y estoy segura de que estará encantada de darle la bienvenida a tu prima —dice mi mamá.

Claudia tiene la boca llena de Pop-tart, así que no dice nada. Me alegro, porque si pudiera hablar probablemente se pondría a presumir de algo.

Cuando me siento, mi mamá me pone dos Pop-tarts delante, ¡pero no son de fresa! Son de arándano y no tienen glaseado por encima.

—¿Dónde están los de fresa? —pregunto.

—Lo siento, *mija*, pero Claudia acaba de comerse los últimos —dice mi mamá, frunciendo el ceño.

Al escuchar eso, Claudia sonríe. Le encanta verme sufrir. ¡Estoy tan furiosa! Pero me acuerdo del consejo de mi abuela. Voy al fregadero y lleno un vaso con agua. Me la bebo toda y, cuando termino, ya no estoy enojada.

—Vaya sed que tienes —dice mi mamá.

—¿Me puedo llevar una botella de agua a la escuela? —pregunto—. Tengo la sensación de que voy a tener sed todo el día.

—Claro que sí —dice mi mamá, y toma una botella de agua de la despensa para dármela.

Ya debemos irnos a la parada del autobús pero, antes de que salgamos, mi mamá me dice que me quite la gorra. ¡Por supuesto que se ha acordado! Su mala memoria nunca funciona a mi favor.

—Nada de gorras ni sombreros durante un mes entero —me recuerda.

—Prometo quitármela al llegar a la escuela —intento convencerla.

Mi mamá extiende la mano para que se la dé.

—Pero, mi cabello… —digo.

—Tu cabello es hermoso —dice, mientras me quita la gorra y me alisa el pelo con cariño.

Por eso dicen que el amor es ciego. No ve las partes feas, y mi parte fea es justamente ese mechón de cabello blanco.

No quiero que Claudia piense que estoy avergonzada, así que en lugar de hablar de mi cabello me pongo a hablar de otra cosa mientras esperamos el autobús.

—¿Es cierto que tu papá compró un yate? —le pregunto.

—Sí, ¿quién te lo contó?

—Celeste se lo dijo a Mirasol y Mirasol me lo dijo a mí.

—¿Hablaste con Mirasol?

Parece celosa.

—Y con Paloma.

—¿Cuándo?

—Ayer.

Claudia se muerde el labio inferior. Ahora *sé* que está celosa.

—Y con Estrella y Kimberly también.

Técnicamente, no hablé con ellas, pero no es mentira del todo porque sé lo que dijeron ya que Paloma y Mirasol me lo dijeron.

—¿Y con Marina? —pregunta Claudia.

Niego con la cabeza. Ya dije una mentirijilla con lo de Estrella y Kimberly, así que no quiero estirar demasiado la verdad.

—Yo también habría hablado con ellas —dice Claudia en tono burlón—, pero estaba demasiado ocupada divirtiéndome en el yate nuevo de mi papá. No se puede hablar por teléfono en altamar. No hay cobertura. —Me mira y entrecierra los ojos—. Supongo que no tienes forma de saberlo porque no tienes yate.

—Sí tengo —digo—. Mi familia tiene un kayak.

—Los kayaks no cuentan —responde—. *Nuestro* yate nuevo tiene motor. *Tú* tienes que usar remos.

El autobús llega antes de que pueda responder. Mientras subimos, pienso en cómo se vuelca nuestro kayak en la playa. No es malo que se vuelque porque nos divertimos. Con el chaleco salvavidas puesto, salgo a flote enseguida. A veces me caigo del kayak a propósito, pero si se lo digo a Claudia pensará que estoy mintiendo aunque sea verdad.

El conductor del autobús no dice nada cuando subimos, ni siquiera "Buenos días". Sería amable de su parte que lo dijera, pero *no* es un tipo amable. Es un gruñón. Solo dice "¡No se levanten de sus asientos!", "¡No boten nada por las ventanillas!" o "¡Cállense!". Y todo con signos de exclamación. Cuando se enoja, se le hace una profunda arruga entre las cejas. Mucha gente tiene esa arruga. Mi papá le llama la "arruga de la consternación" y, cuanto mayor es una persona, más profunda es la arruga, así que nuestro conductor debe de ser muy viejo.

—Mabel es mi compañera de autobús —le digo a Claudia una vez adentro—, así que me voy a sentar con ella. Búscate un asiento.

—Muy bien —dice—. No quería sentarme contigo de todas maneras.

Busco a Mabel para sentarme a su lado. Claudia va detrás de mí, como una garrapata. Mientras avanza por el pasillo, algunos chicos se tapan la nariz y uno de ellos dice "mofeta". Miro a Claudia. No parece contenta, pero no dice nada porque es la chica nueva. Todos los chicos nuevos llaman la atención hasta que ya no son nuevos. Toma unas dos semanas dejar de ser el nuevo. Si Claudia se enoja con los chicos que se tapan la nariz, peor para ella.

—Se están riendo de la nariz gigante de mi prima —le digo a Mabel, en voz baja.

—¿Por qué piensas que tiene la nariz gigante?

—Porque la *tiene*. Mírala.

Mabel echa un vistazo por encima del asiento. Claudia ha encontrado un asiento tres filas detrás de nosotras. Está sola, lo que me da igual. Mabel la saluda con la mano y Claudia responde. Después, mi prima abre un libro, pero a mí no me engaña. No está leyendo, está tratando de esconderse.

—Supongo que su nariz es un *poco* grande —dice Mabel.

Entonces pienso que eso no tiene sentido. Las cosas son pequeñas o son grandes. Si dices que algo es "un poco grande" es como decir que es normal.

—Eres demasiado amable —le digo a Mabel, que siempre está mirando el lado positivo de las cosas, aunque no tengan nada positivo.

No soy la única que cree que la nariz de mi prima es grande; los chicos del autobús no dejan de reírse de ella. Son así de inmaduros.

Debería enojarme por lo que le hacen a mi prima, pero no lo hago. Se lo tiene merecido por ser siempre tan mala. Por ejemplo, cuando le corté las cuerdas a su ukelele, mi mamá me obligó a pedirle disculpas por escrito. Tardé mucho en hacerlo porque no estaba arrepentida. Decir "lo siento" cuando *no* lo sientes es difícil. Cuando le di la carta a Claudia, ni siquiera me dio las gracias. Lo que hizo fue corregir el texto con tinta roja porque yo había escrito mal algunas palabras y había puesto unas comas donde no iban. Hasta me puso una calificación de F en la parte de arriba, como si fuera una profesora malvada. Así que es normal que esté contenta de que los chicos del autobús se rían de la nariz de mi prima, ¡que parece un pan de perro caliente en medio de su cara!

La abuela

Llegamos a la escuela y entramos en el edificio. Entonces, mi mala fortuna empeora. Algunos chicos me dicen "Hola, **abuela**" cuando me ven. Otros me señalan y se ríen de mí. No puedo responderles porque es *cierto* que el mechón blanco me hace parecer una persona mayor, incluso sin tener la piel arrugada ni la "arruga de la consternación".

—No lo puedo creer —le susurro a Mabel—. Sin sombrero, parezco una vieja.

—No les hagas caso —dice Mabel.

Pero eso es difícil porque *todos* me están mirando. Incluso un niño pequeño se me acerca y me observa.

—¿Por qué tienes el cabello blanco? —me pregunta.

No lo dice con maldad, sino por curiosidad.

—Es un lunar de nacimiento —le respondo—. Se llama "poliosis", y no soy la única persona en el mundo que tiene el cabello así.

El niño parpadea unas cuantas veces y sale corriendo. Supongo que es la primera vez que habla con alguien de quinto grado.

Odio que me señalen. ¿De verdad tendré que pasar por esto durante un mes entero?

Por suerte, no tengo que ir sola por los pasillos porque Mabel y yo vamos a la misma clase. Antes de dirigirnos a nuestro salón, Mabel me lleva hacia el pizarrón donde ponen los anuncios.

—¡Por fin! —dice.

Han tardado varias semanas en anunciar los clubes de la escuela para el año escolar.

Mabel se apunta para trabajar en el boletín informativo y me pasa el bolígrafo. Niego con la cabeza. El año pasado ayudé con el boletín pero, en lugar de divertirme, tuve que trabajar mucho. Tuvimos que investigar, asistir a eventos especiales, entrevistar gente, escribir artículos y corregir textos. ¡De eso nada! No me vuelvo a apuntar. Pero a Mabel le gusta porque quiere ser periodista. Ella *disfruta* con tanto trabajo. Yo no sé qué quiero ser cuando sea grande, pero estoy *segura* de que no tendrá que ver con la escritura. Tal vez pueda criar conejos.

—¿Seguro que no quieres trabajar en el boletín? —me pregunta Mabel—. ¿Me vas a abandonar este año?

—No estarás sola.

Señalo la hoja. Vemos los nombres de todos los que se han apuntado. En eso aparece Claudia. Se abre espacio entre Mabel y yo.

—¿Es aquí donde uno se apunta para la Liga Juvenil Femenina de *Kickball* y los demás clubes? —pregunta.

Pongo los ojos en blanco. La respuesta es obvia. Por suerte, no tengo que contestar porque Mabel lo hace. Le enseña los diferentes clubes y las horas en que se van a reunir. También le enseña las listas de materiales que hacen falta para cada club y los formularios de permiso que deben llenar los padres. Después, suena el timbre y nos vamos a clase.

Nuestro salón es el 112. No queda lejos, pero hoy tengo más prisa que nunca. Pasamos la cátedra de los maestros y la enfermería. Pasamos el salón 108, que tiene un acuario con un pez dorado, y el 110, donde hay un hámster. Por fin llegamos al 112. En nuestra clase tenemos un lagarto. Ojalá tuviéramos un conejo, porque necesito un poco de buena suerte, sobre todo cuando me doy cuenta de que Claudia ha vuelto a pegársenos como una garrapata. Seguro que está tomando nota de cada chico que me llama "abuela" para contárselo a mi mamá, a *su* mamá y a todas nuestras primas.

—Deja de seguirme —le digo.

—No te estoy siguiendo. Voy a mi clase.

—Pues yo también —respondo, y entro.

Cuando veo que Claudia también entra, ¡me pongo furiosa! ¿Qué más puedo hacer además de tomarme un gran buche de agua?

Claudia me muestra un papel.

—Parece que estamos en el mismo salón.

Efectivamente, Claudia está en el 112.

—¿Por qué te han puesto en *mi* clase? —pregunto.

—No lo sé —dice, encogiéndose de hombros—. Debería estar con los inteligentes.

¿Ven que mala es? Si fuera un perro, le habría gruñido. Pero no lo soy. Soy una chica con una abuela sabia, así que sigo su consejo y bebo más agua. La botella ya está casi vacía. Así de grande es la necesidad que tengo de calmarme. Bebo un poco más antes de volver a hablar.

—Bueno, no te puedes sentar conmigo. Mabel es mi compañera de clase y John-John McAllister es mi otro compañero de clase y no hay sitio para más nadie.

—No importa —dice—. No quería sentarme contigo.

Diciendo eso, se dirige a la mesa del maestro. Al llegar, le sonríe y le habla con voz dulce. No me *extraña* que el Sr. Cruz esté encantado.

—Estoy muy contento de conocerte —le dice.

No hago mucho caso y voy hacia mi asiento. Mabel y John-John ya están sentados y John-John niega con la cabeza.

—¡No puedo creer que *todavía* estén hablando de lo que pasó la semana pasada! —dice.

John-John se refiere al día en que vomitó. Él siempre está pensando en el apocalipsis zombi, en quién sobrevivirá y quién será "zombificado". Claro, *él* va a sobrevivir porque conoce técnicas de supervivencia. Al menos eso dice. De hecho, presume de ello. Por eso la semana pasada un chico lo desafió a que se comiera un gusano durante el recreo. Era una lombriz recién sacada de la tierra y todavía se retorcía cuando John-John se la metió en la boca. La masticó un par de veces, se la tragó y sacó la lengua para demostrar que se la había tragado. A casi todo el mundo le dio asco, pero a *mí* me convenció. Todos estaban de acuerdo en que John-John tenía muchas posibilidades de sobrevivir el apocalipsis zombi porque, cuando no hubiera comida en el mercado, él podría comer gusanos, que son bastante nutritivos, por eso los pájaros se los comen. Desafortunadamente, la comida acabó en el piso del salón porque, en cuanto entramos, John-John vomitó el gusano junto con el sándwich de queso que había almorzado.

—Ya no me huele a vómito de gusano y queso —dice Mabel.

—A mí tampoco —añado.

John-John vuelve a negar con la cabeza.

—Entonces, ¿por qué los chicos dicen que el salón apesta? —pregunta.

Mabel y yo nos encogemos de hombros. Tal vez todavía están riéndose de la nariz de mi prima.

Suena el timbre y el Sr. Cruz presenta a Claudia. Cuando dice que es mi prima, quiero que me trague la tierra. Ojalá tuviera una manta para taparme la cabeza.

Por fin se escuchan los anuncios de la mañana por el altavoz y espero que todos olviden que Claudia y yo somos familia. En cuanto escuchamos decir "Por favor, pónganse de pie", nos levantamos para saludar la bandera de Estados Unidos. Luego, el director habla de una reunión de la Asociación de Padres y Maestros. Y, después, tengo que ir al baño con *urgencia* por toda el agua que he estado bebiendo.

Levanto la mano para pedir permiso para ir al baño.

—¿Por qué no llevas a Claudia? —dice el Sr. Cruz—. Así le puedes enseñar dónde está el baño. Y también la biblioteca, el comedor y el patio de recreo.

No quiero ir con ella, pero necesito el pase para poder ir al baño lo antes posible. ¿Qué puedo hacer? Ni siquiera lo pienso. Asiento, agarro el pase y salgo corriendo. Claudia me sigue. ¡No le hablo porque estoy muy apurada! Por suerte, el baño está al otro lado del pasillo. Llego justo a tiempo.

Claudia me espera parada al lado de los lavabos y cuando la veo me pasa por la cabeza un pensamiento que me estremece como una pesadilla. Ahora que todo el mundo sabe que Claudia y yo somos familia, nos van a asociar, como a Batman y a Robin, pero en lugar de héroes seremos las chicas raras.

Después de lavarme las manos, salimos del baño, pero decido no llevar a mi prima a ningún sitio.

—El comedor está al final de ese pasillo —digo, señalando—. La biblioteca está allá y el patio de recreo y el gimnasio están detrás.

—¿No me los vas a enseñar? —pregunta.

—Acabo de hacerlo.

—Pero, ¿no me vas a llevar a verlos?

—No puedo —digo, mientras camino hacia el salón—. Al Sr. Cruz no le gusta que tardemos mucho.

Salgo corriendo y, como Claudia tarda unos segundos en alcanzarme, no entramos juntas al salón. Luego, por la tarde, no estamos juntas durante el recreo, ni en el almuerzo, ni en la clase de música, porque camino muy apurada. La pobre Mabel tiene que correr para seguirme.

—¿Por qué tienes tanta prisa? —me pregunta casi sin aire.

—Porque sí.

—¿Qué tipo de respuesta es esa? —pregunta... y adivina—. Estás huyendo de Claudia.

—No, no es cierto.

Mabel se detiene y hace que me detenga también. Cruza los brazos, arquea una ceja y me estudia.

—Soy tu amiga desde primer grado —dice, y esa es su forma de decirme que estoy mintiendo—. No te matará ser amable con tu prima. Deberías intentarlo —añade.

—¿Cómo puedo ser amable con lo mal que ella me trata? —digo, pero Mabel sigue con los brazos cruzados y la ceja arqueada—. Esta mañana estaba presumiendo del yate de lujo que compró su papá y luego se rio del kayak de mi papá.

—¿Sí?

—Dijo que no tiene motor y que parece una banana de color amarillo chillón —exagero, pero sé que Claudia es capaz de decir algo así.

—Pero *no* tiene motor —dice Mabel, riéndose—, y es *verdad* que parece una banana.

¡No lo puedo creer! ¿Le parece normal a mi amiga que mi prima sea una alardosa? Le doy más detalles para hacerla cambiar de opinión y, sin darme cuenta, me dejo llevar.

—Dijo que se iba a hundir y que me quedaría flotando con el chaleco salvavidas hasta que llegara la guardia costera, si es que llega, porque no podré llamar a emergencias porque en altamar no hay cobertura. Y que si paso mucho tiempo en el mar, comenzaré a alucinar y los tiburones me atacarán. Nadie volverá a saber de mí, y todo porque tenemos una banana gigante en vez de un yate de lujo.

—Bueno —dice Mabel—, no te alejes mucho en el kayak. Quédate cerca de la orilla para que la gente pueda verte agitar los brazos.

—No se trata de eso, Mabel. Estoy tratando de explicarte por qué no quiero tener a Claudia al lado. ¿A quién le gusta que le digan que se lo van a comer los tiburones?

—Ya veo lo que quieres decir —dice mi amiga, después de pensar un poco, aunque no suena muy convencida.

De todas maneras, me sigue corriendo a todos sitios porque las amigas son leales, incluso cuando no están de acuerdo contigo. Y esa es *otra* razón por la cual son mejores que las primas.

¿Dónde está?

—¿Dónde está Claudia? —me pregunta mi mamá cuando llego a casa después de la escuela.

No digo nada y, antes de que pueda inventar algo, llega Claudia.

—Luna estuvo huyendo de mí todo el día —anuncia.

—No es verdad —digo.

—Sí es verdad. Te pasaste el día *literalmente* corriendo.

Se abanica con una carpeta para demostrar lo agotada que está por haber tenido que correr tanto.

—*No* estaba corriendo. Estaba caminando a un ritmo normal. No es mi culpa que tú seas tan lenta.

—Incluso empujó a unos chicos para huir de mí —le dice Claudia a mi mamá—, y a la hora del almuerzo me dijo que el único asiento libre que había en su mesa se lo estaba guardando a otra persona, así que tuve que sentarme con desconocidos.

—Es *cierto* que lo estaba guardando —digo.

—No lo es. Estuve vigilando. Nadie se sentó ahí.

—¿Es verdad eso? —me pregunta mi mamá.

—No —respondo—. Claudia me quiere meter en problemas. No es mi culpa si nadie quiere ser su amigo.

Antes de que mi mamá me vuelva a decir que no se necesitan amigos cuando se tienen tantas primas, corro a mi cuarto, cierro la puerta, agarro una almohada y la *lanzo*, porque dejé el pomo de agua en la cocina y no tengo otra forma de calmarme.

No salgo hasta que Claudia se ha ido. Encuentro a Alex en la sala. Está sentado debajo de la mesita, así que me agacho para hablar con él.

—¿Qué haces aquí?

Ladra. Después saca la lengua y comienza a jadear. Le gusta imitar diferentes animales.

—Así que hoy eres un perro, ¿eh?

Vuelve a ladrar. Extiendo la mano para acariciarle la cabeza.

Poco después, llega mi papá. La mayoría de los padres dicen "¿cómo te fue hoy?", pero el mío es un capitán de *Star Trek* y dice "informe de situación".

—Fue un día horrible —comienzo—. Los chicos no dejaron de decirme "¡Hola, abuela!" y "¿Dónde dejaste el bastón?", o "Enséñanos la dentadura postiza".

Repito todos los insultos que escuché durante el día, invento algunos más y trato de que me salgan unas lagrimitas para que vea lo molesta que estoy. Pero no me salen las lágrimas, aunque consigo sollozar un poco. En lugar de enojarse y llamar al director, como haría cualquier padre *normal*, sonríe, chasquea los dedos y se pone a cantar sobre olvidar lo negativo y concentrarse en lo positivo.

¡Luego repite la canción y se pone a bailar!

—¡Papá! —le digo, porque quiero que se ponga serio. Sé donde viven algunos de los niños que se burlaron de mí y pensé que podíamos lanzar huevos podridos a sus casas—. ¡Papá! —repito, pero él sigue cantando y bailando.

Alex sale de debajo de la mesa y comienza a dar vueltas. Después llega mi mamá, ¡y se pone a bailar también! Sin que me dé cuenta, me contagian. No voy a permitir que se diviertan sin mí, así que comienzo a bailar y a cantar, aunque no sé qué estoy diciendo. "La, la, la, lo positivo. La, la, la, lo negativo".

Después de un rato, todos estamos cansados. Mi mamá se lleva a Alex al baño y mi papá se acomoda en su sillón.

—Me alegro de que te sientas mejor, *mija* —dice.

—Tal vez me sienta mejor ahora —explico—, pero no por mucho tiempo. Mientras los demás puedan ver mi mechón de cabello blanco, me sentiré mal. ¿Puedes decirle a mi mamá que me deje llevar sombreros otra vez?

—Me temo que no —responde—. En cuestiones de disciplina, estamos siempre de acuerdo.

—¿Qué voy a hacer? —digo con un suspiro, bajando la cabeza.

—Ya te lo canté —responde mi papá—: ignora a esos chicos y concéntrate en las cosas buenas. Ya dejarán de molestarte.

Niego con la cabeza. Es un mal consejo. ¿No podría haberme sugerido algo ingenioso que decirles?

Voy a mi cuarto y, después de un rato, se me ocurren algunas cosas positivas. Primero, que todos se olvidarán de mi mechón blanco cuando vuelva a ponerme sombreros el mes que viene. Segundo, que a Claudia también le dicen cosas, pero en su caso será por el resto de su vida porque *siempre* tendrá la nariz gigante. No tiene manera de esconderla, a no ser con cirugía plástica, pero eso es solo para los ricos y famosos. Y Claudia no es rica *ni* famosa. Pobrecita. Ahora que lo pienso, me da un poco de lástima.

Mabel dice que debería ser más amable con mi prima, pero *soy* amable. Es ella la que se porta mal conmigo. Pero, ¿y si no es culpa suya? Tal vez se porta así porque la gente se ríe de su nariz. Quizás debería escuchar los consejos de Mabel y tratar a mi prima como si fuera una amiga.

La amiga

A la mañana siguiente, me levanto en modo **amiga**. Voy a hacer como si Claudia fuera mi amiga y me voy a concentrar en lo positivo, incluso cuando me saque de quicio. Así que, cuando veo que está sentada en mi silla, con el último panecillo de arándanos que yo había guardado para el desayuno, sonrío.

—Buenos días, Claudia —le digo—. ¿Estás disfrutando el desayuno?

Tiene la boca llena, así que tarda un momento en tragar.

—¿Estás siendo sarcástica? —pregunta—. No estoy segura.

—No —digo con voz dulce.

—Ah… bueno… En ese caso, estoy disfrutando mucho el desayuno.

Da un mordisco enorme. Los arándanos huelen deliciosos y las tripas me suenan del hambre. Si fuera mi prima Claudia en lugar de mi amiga Claudia, le arrancaría la otra mitad del panecillo y me lo metería en la boca antes de que me lo quitara. Pero me conformo con un trozo de pan seco y pienso que está bien porque las amigas se tienen que sacrificar las unas por las otras. Además, tengo agua, que es buena para calmar los nervios y para bajar el pan sin mantequilla, ni mermelada, ni miel... porque mis padres no han ido al supermercado.

Cuando estamos a punto de salir, mi mamá me llama.

—Luna Fortuna, tu tía Nena te recogerá hoy después de clases —me dice—. Vas a pasar unas horas en casa de Claudia.

Miro a Claudia y ella asiente. Odio cuando se entera de las cosas antes que yo, pero me acuerdo de mi promesa secreta de tratarla como si fuera mi amiga.

—Está bien —respondo, animada—. Quizás puedas enseñarme el yate nuevo de tu papá —le digo a Claudia.

—Tiene motor —me recuerda—, y cabina. Va tan rápido que salta por encima de las olas y no se vuelca como un kayak.

En lugar de enojarme, me imagino la cabina del yate con su cocinita y su zona para dormir.

—Seguro que es fantástico —digo—. Tengo muchas ganas de verlo.

Mi prima pone cara de desconfiada. Sé que quiere preguntarme si estoy siendo sarcástica de nuevo, pero no lo hace.

Caminamos hasta la esquina y pronto llega el autobús. Cuando subimos, oímos algunas risitas. Van a empezar a burlarse de Claudia, así que hago lo que mi papá llama "un asalto preventivo", que quiere decir detener al enemigo *antes* de que ataque. Me paro en medio del pasillo.

—Si no pueden decir algo amable, mejor se callan —advierto.

Los niños de primero y segundo grados se hunden en los asientos. Los mayores ponen los ojos en blanco, pero no dicen nada.

Me siento al lado de Mabel.

—Eso fue… —dice, y hace una pausa como buscando la palabra ideal—, muy valiente. —Luego aplaude bajito—. Te has defendido muy bien.

—A mí y a Claudia —digo, y miro hacia atrás.

Mi prima se ha sentado de nuevo tres filas detrás de nosotras. No me ve porque está leyendo.

—Parece que sigue intentando esconderse detrás de un libro —continúo—. No me extraña si se burlan de su nariz.

—Hmmm… —Mabel murmura algo, pensativa—. ¿Recuerdas cuando tu tía se tiñó el cabello y se le puso anaranjado?

—¿Mi tía Priscila? ¿La que tenía el cabello del mismo color de los Cheetos?

Mabel asiente.

—¿Le llegaste a decir algo?

—No. A veces es mejor no decir nada, sobre todo si puede herir. Dicen que lo que no sabes no te lastima.

—Eso estaba pensando —asiente Mabel.

—¿Y por qué estamos hablando de mi tía? Pensé que hablábamos de Claudia.

—Es lo que estamos haciendo, más o menos.

—Pues voy a seguir tu consejo, Mabel. Trataré a Claudia como si fuera mi amiga. No le prestaré atención ninguna de las veces que me saque de quicio.

—Muy bien —dice Mabel—. Te ayudaré. Así podremos ser amigas y, la próxima vez que tengamos que votar en clase por alguna razón, se pondrá de nuestra parte.

La semana pasada decidimos, mediante votación, si debíamos crear un pizarrón de matemática o de poesía. Mabel, John-John y yo queríamos poesía, pero perdimos. Así que ahora nuestro pizarrón está lleno de definiciones y figuras geométricas: un hexágono, un octágono y un dodecaedro, que tiene doce caras. Luego hicimos dodecaedros de cartulina y los colgamos del techo como si fueran adornos de Navidad. El mío quedó un poco abollado. Cada vez que lo veo, pienso en lo fabulosa que habría sido mi poesía. Habría escrito un gran poema, con rima y muchos símiles.

Brincamos en el asiento cuando el autobús pasa sobre los reductores de velocidad de la entrada de la escuela.

Las ruedas chirrían cuando se detiene y se abren las puertas con un crujido. Mabel y yo avanzamos por el pasillo, salimos y esperamos a Claudia. Las tres entramos en la escuela y vamos al pizarrón de los clubes. Claudia ha decidido que se apuntará en *kickball* y en el club de tejido de punto, que tiene su primera reunión el lunes próximo. Me dice que yo también debería aprender costura, pero pincharme con una aguja mientras trato de ensartar el hilo no me parece divertido.

Cuando entramos al aula, Mabel y yo le presentamos a Claudia a algunos estudiantes. A la hora del almuerzo, la invitamos a sentarse en nuestra mesa y, durante la clase de arte, compartimos nuestros materiales con ella. Estoy siendo *superagradable*. Hasta Mabel lo reconoce. Pero eso no significa que Claudia esté haciendo lo mismo. Se pasa el día diciendo cosas como que "La biblioteca del Sagrado Corazón tiene más libros", que "La comida del Sagrado Corazón es mejor" y que "En el Sagrado Corazón rezamos después de jurar la bandera". Nada de lo de Woodlawn es suficientemente bueno para ella.

—Pero Woodlawn tiene muchas actividades extracurriculares —digo, con mi voz más dulce—. ¿No es esa la razón por la que te trasladaste a esta escuela?

—Sí, pero el Sagrado Corazón tiene un coro.

—Es lo *único* que tiene.

—Cierto, pero es un coro muy bueno. Viajan por todo el país. Irán a cantar a la Universidad de Notre Dame el verano que viene. Eso está en Indiana, por si no lo sabías.

"¡Uf! ¡Que pare ya!", pienso. Cada vez que menciona el Sagrado Corazón, quiero gritarle que, si estaba tan bien allá, ¿por qué no regresa? Pero no digo nada. Mejor bebo un gran buche de agua.

"Las amigas no le gritan a sus amigas", escribo en los márgenes de mi hoja de ejercicios. "Las amigas sonríen, son amables y, a veces, beben mucha agua". Y, como sigo tomando agua, ¡tengo que pedir el pase para ir al baño tres veces!

—¿Por qué vas tanto al baño? —se fija John-John—. ¿Te duele la barriga?

—No, es solo porque bebo mucha agua.

No tengo ganas de hablar del consejo de mi abuela. Se está terminando el día y ser amable y paciente me ha agotado. Miro a Mabel con la esperanza de que me eche una mano.

—Luna quiere mantenerse hidratada —dice.

—Eso está bien —asiente John-John—, pero no bebas *toda* el agua. Deberías guardar algo para el apocalipsis zombi. Yo tengo tres galones escondidos en mi armario. Cuando los zombis nos invadan, no habrá agua, electricidad ni internet. Deberías guardar también algo de comida que no se venza.

—Como latas de maíz —sugiere Mabel—. Y pastas.

Seguimos hablando de zombis hasta que el Sr. Cruz nos dice que volvamos a nuestro trabajo. Al fin suena el timbre de salida. ¡Qué bien! Es hora de ir a casa. Pero yo no voy a mi casa. Voy a casa de Claudia. Por suerte, Mabel no tiene que tomar el autobús sola porque tiene una reunión del boletín después de clase.

Mi tía Nena tarda una eternidad en llegar porque hay mucho tráfico frente a la escuela. Finalmente vemos su auto. Una ráfaga de aire frío nos golpea cuando entramos a él.

—¿Cómo les fue hoy, chicas? —pregunta.

—Bah —responde Claudia—. Ni bien ni mal.

"¿Cómo? ¿No se dio cuenta de lo amable que fui?", pienso. Me muero de ganas de decirlo en voz alta, pero en lugar de hacer eso busco la botella de agua. Está vacía. De pronto, la ráfaga de aire frío parece un horno de aire seco.

Cuando llegamos a casa de Claudia, le pido que me enseñe el yate. Está en un remolque en el patio trasero. Yo esperaba ver un yate con una cubierta para tomar el sol y suficientes asientos para todas mis primas por parte de padre, pero solo tiene sitio para tres o cuatro personas. Nos metemos dentro. Huele a pescado podrido. Tiene motor, como dijo Claudia, pero no hay ni un toldo que de sombra. El vinilo de los asientos está agrietado.

—¡Oye! —le digo—. Esto no es un yate nuevo. Parece usado.

—Seminuevo —me corrige Claudia—. Tal vez no sea *completamente* nuevo, pero es nuevo para mi familia.

No hago ningún comentario, aunque me gustaría. Le pido que me enseñe la cabina y me señala una puertecita. La abro y miro adentro.

—Esto no es una cabina —digo—. Es un cuchitril. Pensé que habría una cocinita y un lugar para dormir. Ni siquiera tiene ventanas.

—Lo que tú digas —responde, y pone los ojos en blanco—. Puedes entrar si quieres.

Me meto en el agujero oscuro. Hay cojines sobre un banco que también sirve para guardar cosas, y una especie de caja plástica con tapa.

—¿Eso es un inodoro? —pregunto con la nariz tapada.

—Sí —dice, como si no fuera obvio.

—¿Se puede tirar de la cadena?

—No, es un inodoro portátil. Tienes que vaciarlo al llegar a tierra.

—¡Qué asco! —digo.

—Más asqueroso es hacerte pipí en los pantalones.

Me mira, la miro y nos empezamos a reír. No podemos parar. Por alguna razón, el inodoro portátil es lo más gracioso del mundo, sobre todo cuando trato de imaginarme haciendo pipí en un yate que se mueve. Pronto nos llevamos las manos a la barriga de tanto reírnos.

Por fin nos calmamos y salgo de la cabina.

—Deberíamos ser exploradoras —digo.

Claudia está de acuerdo. Incluso, me deja hacer el papel de Américo Vespucio mientras ella hace de Magallanes, quien fue famoso, pero no tanto como para darle nombre a un continente entero. Después representamos *Peter Pan* y a mí me toca hacer del Capitán Garfio. Luego hacemos *Piratas del Caribe*. Yo soy el héroe, Jack Sparrow, y Claudia es el villano, Davy Jones, el personaje que parece un pulpo con un montón de tentáculos en la cara, como si fueran narices gigantes. Esto lo *pienso*, pero no lo *digo*.

—Vamos a jugar a los espadachines —dice Claudia.

Usamos unos palos del patio como espadas. Hacemos chocar los palos. Saltamos del yate y volvemos a subir, haciendo como que nos clavamos las espadas y diciendo cosas como "¡Necio cara de crustáceo!" y "¡Marinero de agua dulce cascarrabias!". Después le doy un golpe a la espada de Claudia. Ella la deja caer al piso y se echa en la cubierta del yate. Yo hago como que le doy una puñalada en el pecho. Mi prima se agarra el corazón y grita. Después se hace la moribunda. Incluso patalea un par de veces y a mí se me olvida lo insoportable que puede ser.

La semana

Claudia y yo la pasamos bien en el yate, pero es algo momentáneo porque, durante el resto de la **semana**, me saca de quicio. Si saca una nota perfecta en el examen de ortografía y yo me equivoco en tres palabras, se jacta.

—Estoy sacando mejores notas que tú —dice.

Cuando ve mi dodecaedro, me dice que los de los demás están perfectos y simétricos mientras que el mío tiene forma de pera. Intento explicarle que la Tierra también tiene forma de pera, pero niega con la cabeza.

A la hora del almuerzo, se sienta en mi mesa y se ríe de mi forma de comer.

—El aliño de ensaladas es para la ensalada —dice—, no para las judías. Además, el postre se come al *final*, no al *principio*.

Y se va de lengua con mis padres.

—Luna estaba hablando en la biblioteca —le dice a

mi mamá—. Luna estuvo pasando notas durante la clase —le dice a mi papá.

También me chivatea con el maestro.

—Luna no tiene un conejo, así que no puede haberse comido su tarea. Además, no la operaron de emergencia del páncreas. Ha tenido tiempo de sobra para estudiar —le dice.

¡Me va a agotar las excusas! ¡Esta debe haber sido la semana más estresante de mi vida! Da igual que me haya divertido en el yate de Claudia.

Por fin, es viernes, que es un día afortunado y desafortunado. Lo afortunado es que llega el fin de semana. Lo desafortunado, que el Sr. Cruz quiere que escribamos unos diálogos en español.

Español es la asignatura en la que me va peor. En nuestro primer examen, la semana pasada, saqué F. Se suponía que nos evaluarían las palabras que habíamos aprendido en cuarto grado pero, como no las practiqué durante el verano, suspendí. Cuando Claudia se enteró, comenzó a alardear de que ella siempre saca A.

—Yo *podría* sacar siempre A si quisiera, pero a mí me gustan *todas* las letras del abecedario. No quiero que la B, la C y la F se sientan excluidas. Me dan lástima, así que no te extrañe si a esas letras les doy la oportunidad de estar en mis exámenes. Algunos creemos en la igualdad de oportunidades —le dije, porque no pude soportar sus comentarios.

Claudia entendió lo que quise decir. Tal vez ella saque mejores notas, pero yo soy mejor persona. Y, como sintió envidia de que yo fuera mejor persona, fue corriendo donde mi mamá después de la escuela.

—¿Sabías que Luna suspendió el examen de español a propósito? —le dijo.

Ojalá mi apellido fuera Smith o Parker o Woo. Nadie espera que un Smith, un Parker o un Woo sepa español. Pero mi apellido es Ramos. Es muy común en España y México, así que mucha gente con ese apellido habla español. De hecho, mi papá, mi abuela y la mitad de mis primas (no todas) lo hablan. La gente cree que yo también, pero a mí nadie me ha enseñado porque mi mamá no habla español, solo mi papá.

Para los diálogos en español, el Sr. Cruz nos da unos títeres y nos pide que utilicemos el vocabulario que hemos aprendido. Aunque los títeres son cosa de niños pequeños, no nos importa. Los preferimos a los ejercicios escritos.

El títere que me da el Sr. Cruz es un perro. Tiene las orejas caídas y la lengua le cuelga de la boca. Cuando cada uno tiene su títere, el Sr. Cruz nos pide que formemos grupos. Me uno a Mabel y a John-John. El títere de él es un médico y el de ella, un mago.

Se me ocurre una idea fantástica para nuestro diálogo pero, antes de que pueda compartirla, Claudia se nos acerca. Su títere es un rey.

—Busca otro grupo —le digo—. Nosotros ya tenemos nuestra idea y no necesitamos un rey. —Entonces me volteo hacia Mabel y John-John—. ¿Verdad? —pregunto.

John-John mira para otro lado, para no tener que responder.

—Aún no sé cuál es nuestra idea, pero seguro que podemos adaptarla para que haya un rey —dice Mabel.

—No, no podemos —insisto, con una mirada amenazadora.

Claudia no se da por vencida.

—Te pusieron una F en tu examen, ¿recuerdas? Deberías dejarme ayudar, ya que soy bilingüe.

—No necesitamos tu ayuda —respondo.

—¿Estás segura? Estoy intentando ser amable —dice Claudia.

¿Estará loca? Ella es cualquier cosa *menos* amable.

—De eso nada. Estás presumiendo otra vez porque crees que eres mejor que yo.

—Es que *soy* mejor que tú, sobre todo en español.

Si fuera una serpiente de cascabel, la mordería con mis colmillos venenosos pero, como no lo soy, le lanzo una mirada fulminante.

—No me eches la culpa cuando saques otra F —dice Claudia, y se encoge de hombros.

Mi prima se aleja y se une a otro grupo que tiene un chef y una bailarina. Mabel y John-John están atónitos.

—Si sabe español —dice Mabel—, deberíamos dejar que nos ayude.

—Sí —añade John-John—. Tenemos un grave *problemo* con el español.

Es cierto. John-John no sabe nada de español, ni siquiera que no se dice "problemo", sino "problema". Su familia es originalmente de Irlanda y, aunque dicen algunas palabras diferentes, hablan inglés. Mabel tampoco sabe español. Su familia es de Filipinas y, según ella, hablan tagalo. Pobre Mabel. Su papá le tiene que servir de intérprete cuando habla con su abuela. Al menos *yo* puedo hablar con *mi* abuela sin intérprete... más o menos.

Mabel cree que tengo suerte porque sé algo de español, lo cual es mejor que no saber nada. Pero yo creo que soy *desafortunada* porque, aunque sepa un poco, la gente cree que sé mucho. Además, Filipinas está a miles de millas de aquí y toma un día entero llegar, aunque vayas en el avión más rápido. Pero México está a solo tres horas, incluso en el auto más lento. Hay muchos letreros escritos en inglés y español en Corpus Christi, pero ni uno en inglés y tagalo. Por eso *nadie* espera que Mabel hable el idioma de su familia, pero *todos* esperan que *yo* hable el de la mía.

Al menos mi mamá me entiende, ya que ella tampoco habla español.

—Supongo que mi cerebro solo funciona en una dirección —me dijo una vez—. Puedo traducir del español al inglés, pero no del inglés al español.

Entiendo *exactamente* lo que dice porque mi cerebro también funciona en una sola dirección.

—No se preocupen —les digo a Mabel y a John-John—. Sabemos lo suficiente para el diálogo de hoy. Además, mi títere es un perro y los perros solo dicen una palabra.

Después de contarles el plan, ensayamos y pronto nos llega el turno para hacer la presentación. Cuando el maestro nos llama, nos ponemos delante de la clase.

—Primero —digo delante de todos, en inglés—, me gustaría presentar a nuestros personajes.

Señalo a John-John.

—Este es el doctor McAllister.

John-John hace una reverencia. Después señalo a Mabel.

—Este es el magnífico mago de Corpus Christi, la ciudad que brilla junto al mar.

Mabel también hace un reverencia. Después, les muestro mi perro.

—Y este es Rover.

Dejo que todos aplaudan y enseguida comenzamos nuestra presentación.

Rover: *¡Woof! ¡Woof!*

Doctor McAllister: ¿Estás enfermo?

Rover (asintiendo con la cabeza): *¡Woof!*

Mago Magnífico: Él necesita medicina.

(El doctor McAllister le da la medicina a Rover, y este traga haciendo ruido).

Doctor McAllister: ¿Estás bien?

Rover (negando con la cabeza): *¡Woof!*

Doctor McAllister: Él necesita magia.

Mago Magnífico (moviendo su varita mágica): Abracadabra.

Doctor McAllister: ¿Estás bien?

Rover (asintiendo): *¡Woof! ¡Woof! ¡Woof!*

Yo creo que es un diálogo buenísimo, incluso sin los zombis que John-John quería incluir. Los demás también creen que es bueno. Lo sé porque aplauden. La única que no aplaude es Claudia, pero es por envidia. Al 99,9 por ciento de los alumnos le gustó nuestro diálogo, por eso me quedo perpleja cuando el Sr. Cruz nos da las notas. A John-John le da A, a Mabel B y a mí C.

¿Por qué me habrá dado C? No puedo dejar de pensar en eso, así que cuando llega la hora del almuerzo le digo a Mabel que me voy a quedar un momento en el salón. Tengo que hablar a solas con el Sr. Cruz porque se ha equivocado y no quiero decirlo delante de los demás. Eso sería ponerlo en un aprieto y nunca es buena idea poner a un maestro en un aprieto. Es una falta de respeto y nunca se le olvidaría. Créanme, lo sé por experiencia. Sin querer puse en un aprieto a mis maestros de primero, segundo, tercero y cuarto grados. Menos mal que yo aprendo rápido de mis errores. Así que me quedo esperando pacientemente a que salga el último alumno antes de hablar con él.

—Sr. Cruz —le digo—, me dio C en el diálogo de español en lugar de A+, que era la nota que merecía. Sé que lo hizo sin querer y no estoy enojada.

—Ah —dice, y veo que está apenado por su terrible error.

—Puede cambiar la nota ahora mismo si quiere. —Señalo su cuaderno de calificaciones, porque sé que es demasiado tradicional para usar un *laptop*—. Si se demora mucho, se le puede olvidar.

—No, no se me olvidará —dice, y me mira fijamente—. Lo que ocurre, Luna, es que no fue un error. Te di esa nota porque no hablaste español, y de eso se trataba el ejercicio.

—Pero nuestro *grupo* habló español y yo los ayudé a escribir el diálogo.

—Por eso te di algún crédito, pero el propósito del diálogo era practicar el español.

—Pero me tocó un perro. Los perros no hablan. Solo hacen sonidos.

El Sr. Cruz suspira. Veo que estoy empezando a molestarlo un poco.

—Es cierto que, en el mundo real, los perros no hablan, pero en el mundo de la imaginación, sí —dice—. Además, en español los perros ni siquiera dicen "*woof, woof, woof*". En todo caso, dicen "guau, guau". Y esta era una actividad en español. Esas son las reglas.

—Pero, Sr. Cruz —le digo—, el español es la asignatura en que peor estoy y, si no apruebo, me voy a meter en problemas y nunca en la vida me darán un conejo, y lo único que quiero en este mundo es un conejo de mascota. ¿No me podría dar una A+, solo esta vez? O, si no, ¿tal vez una B?

—No voy a cambiar tu nota —me dice—. Tienes que ganarte la A estudiando y practicando.

Luego, se le ocurre una idea.

—Tu prima Claudia habla español con fluidez —dice—. ¿Por qué no le pides ayuda?

Ahora me toca a mí suspirar.

—No le puedo pedir ayuda porque peleamos constantemente. Somos primas, pero no somos amigas, aunque yo *intenté* ser su amiga. Lo intenté de verdad.

—Cuánto lo siento —dice el Sr. Cruz, negando con la cabeza. Luego se queda pensando—. ¿No tienes más primos? Debe haber otro que sepa español.

—Hmm... —murmuro.

De hecho, sí *tengo* más primas. Tantas, que ni siquiera puedo contarlas. Y muchas son más simpáticas y más inteligentes que Claudia. Antes de que el Sr. Cruz diga otra cosa, salgo corriendo.

—¡Gracias, Sr. Cruz! ¡Me ha dado una gran idea!

Enojado

Como es viernes, todos gritamos y estamos emocionados porque llegó el fin de semana. Pero el conductor del autobús no está emocionado sino **enojado**, y nos recuerda las reglas:

1. No boten nada por las ventanillas.

2. No dejen basura en el autobús.

3. Quédense en sus asientos.

4. ¡No griten!

A diferencia del salón de clase, no tenemos asientos fijos en el autobús, pero cuando te sientas en el mismo puesto tres días seguidos, ese se convierte en tu asiento oficial.

Los alumnos de primer grado se sientan en las primeras filas porque quieren hacerse amigos del conductor. Los de segundo grado van en las filas del medio, donde están las ruedas, así que tienen que sentarse encogidos, con las rodillas dobladas. Los demás ocupamos los asientos que quedan. Todo el mundo sabe que los mejores son los de atrás, lejos del conductor gruñón. Además, brincan más y es divertido dar brincos camino a la escuela. También son los únicos asientos con ventanillas detrás, y se puede saludar con la mano o hacerles muecas a los autos que van detrás del autobús. La mayoría de los alumnos de quinto grado se sienta atrás, pero Mabel se marea, así que nos sentamos cerca del centro, donde no damos tantos brincos.

Durante toda la semana, le estuve diciendo a Claudia que se sentara con los de quinto grado, pero se quedó tres filas detrás de nosotras, así que ahora ese es su asiento oficial.

—Lo que quiere es espiar —le digo a Mabel.

—No quiero espiar —responde Claudia, que nos escucha—. No me importa lo que digan o hagan. No son tan interesantes.

—Entonces, métete en tus asuntos —le digo.

—*Eso* hago —responde, enseñándome un libro.

—Solo finge leer —le digo a Mabel. Miramos hacia atrás y, efectivamente, los ojos de Claudia se asoman por encima del libro. Nos está *vigilando*. ¡Es malísima!

—No podemos contarnos ningún secreto —susurro—. Claudia nos oirá y se lo dirá a mi mamá.

—Entonces, ¿de qué hablamos? —dice Mabel—. Casi todo lo que nos contamos es secreto, por ejemplo, que me gustaría meterme en las pinturas y explorar los prados y los bosques. Ojalá pudiera esconderme detrás de los árboles o en las casitas de los cuadros.

Suspiro. Es un secreto muy bonito y me entristece que no podamos compartir nuestros sueños sin que Claudia nos diga que estamos locas y luego se lo cuente a los demás.

—Tengo una idea —dice Mabel—. En lugar de contarnos secretos, juguemos a las palmas.

No jugábamos a las palmas desde tercer grado, pero como no tenemos nada mejor que hacer, estoy de acuerdo. Nos colocamos una frente a la otra y comenzamos a dar palmadas. Nuestra rima favorita siempre ha sido "La señorita Mary Megro".

"La señorita Mary Megro, Megro, Megro,

vestida de negro, negro, negro,

con botones dorados, ados, ados,

bien abrochados, ados, ados".

Nos gusta cambiar las palabras. A veces decimos que está vestida de rojo con botones en los ojos, o vestida de azul con botones de tul o vestida de morado con botones a un lado. Nos gustaría vestirla de anaranjado o amarillo, pero esas palabras son más difíciles de rimar.

La estoy pasando bien, pero veo que hay dos chicas, un par de filas atrás, que se están riendo. Son de cuarto grado y me sé sus nombres porque tomaban el autobús el año pasado. Se llaman Janie y Carly.

—¿De qué se ríen? —pregunto.

—Se nos ha ocurrido otro verso —dice Janie—. ¿Lo quieren oír?

—Claro —digo, pensando que han encontrado la rima para anaranjado o amarillo.

Se ponen a dar palmas mientras cantan:

"La señorita Mary Megro, Megro, Megro,

vestida de fiesta, fiesta, fiesta,

siempre va mal, mal, mal,

porque apesta, pesta, pesta".

Las escucho reír y llevarse las manos a la nariz y pienso en la diferencia entre reírse de alegría, como cuando alguien te hace cosquillas, y reírse por maldad. La risa de Janie y Carly es malvada porque se están burlando de la nariz grande de Claudia. Convirtieron nuestra rima divertida en un insulto.

Miro a mi prima. Ha dejado caer su libro. Mira fijamente a Carly y a Janie, con una gran arruga de consternación entre las cejas. Supongo que la gente joven también puede tener arrugas de consternación si se enoja.

—¿No les gusta nuestra rima? —pregunta Janie.

No sé qué decir. No puedo explicarlo, pero estoy enojada. Tal vez no me caiga bien Claudia, pero *es* mi prima. A pesar de que mis otras primas y yo a veces hablamos de ella, *no* está bien que *otras* personas que *no* son parte de la familia lo hagan porque, cuando dicen algo de Claudia, están hablando de mí también. Eso es lo que significa ser familia.

—Bueno, ¿les gusta la rima o no? —repite Janie al ver que nadie responde.

—Se la pueden quedar —dice Mabel—. Nosotras ya tenemos suficiente versos.

Después, Mabel se da vuelta en el asiento y yo también.

Hace mucho tiempo, alguien dibujó unos monigotes en la parte trasera de los asientos que están delante de nosotras. La cabeza de los monigotes es un círculo; los ojos, dos puntos; y los brazos y las piernas, líneas rectas.

Como todos son iguales, nadie se puede burlar de ellos. No puedo evitar mirarlos y desear vivir en un mundo de monigotes, donde todos seamos iguales.

Miro a Mabel. Ella también está mirando los muñecos. Sin decir nada, hemos decidido dejar el juego de palmas. Tal vez no lo juguemos nunca más.

Cuando el autobús llega a nuestra calle, Claudia y yo nos bajamos. Siento lástima por ella, pero no se me ocurre qué decirle. Si menciono la rima de Carly y Janie, se sentirá mal, pero si no la menciono se sentirá peor *todavía* porque pensará que estoy fingiendo que no pasó nada. Existen situaciones en las que todo el mundo sale ganando. Esta es una en la que todo el mundo sale perdiendo. Por suerte, Claudia habla primero.

—Solo llevo una semana en la escuela, pero veo que está llena de gente cruel.

—Algunos son crueles —respondo—, pero otros son realmente amables.

Es cierto. Mabel y John-John son amables. Además, *yo* también soy alumna de la escuela y soy una de las personas más amables del planeta.

—Se burlan de... de... la gente —continúa diciendo Claudia.

Comprendo que no quiera admitir que se burlan de *ella*.

—Han estado burlándose toda la semana —insiste.

Sé que sabe que se ríen de su nariz, pero como también se rieron de mí, estoy de acuerdo. Así que repito lo que dice mi papá cuando cree que la gente debería cambiar su comportamiento.

—Algunos necesitan un ajuste de actitud.

—Un ajuste de actitud *total* —dice mi prima.

Y ya está. No volvemos a hablar del asunto.

A veces, cuando ocurre algo malo, sientes como si tuvieras un sofá gigante sobre el pecho que no te deja ni respirar. Te sientes atrapada debajo de esa cosa horrible y mala. Pero después de tener esa corta conversación con Claudia, siento que el sofá ha desaparecido y que puedo respirar y moverme. Me siento aliviada.

Casi estamos llegando a mi casa cuando Claudia me hace una pregunta.

—¿Cuál es tu color favorito?

—Verde —digo—. Algunos piensan que es un color tenebroso porque las brujas y las serpientes son verdes, y también los alienígenas que parecen lagartos y quieren invadir el planeta. Pero muchas cosas *lindas* son verdes; por ejemplo, la hierba, los árboles y los caramelos de manzana.

—El verde es un buen color —asiente Claudia—, y los caramelos de manzana son deliciosos.

No lo puedo creer. Claudia y yo acabamos de estar de acuerdo en tres cosas seguidas: el ajuste de actitudes, el color verde y los caramelos de manzana. De verdad que no consigo entender a mi prima. La mayor parte del tiempo es insoportable pero, a veces… Bueno… a veces es amable.

Pero su amabilidad desaparece en un santiamén. Cuando llegamos a mi casa, Claudia no lo puede evitar. Le interesa más decir algo malo de mí.

—Luna está teniendo dificultades con el español —le dice a mi mamá en cuanto entra—. Hoy lo hizo muy mal.

—¿Es cierto? —pregunta mi mamá.

—No.

—Estoy segura de que no sacaste A en el diálogo de español —dice Claudia—, ni siquiera B. Yo me ofrecí a ayudar, pero no me dejó —agrega, dirigiéndose a mi mamá.

—¿Por qué no dejaste que Claudia te ayudara? Ella habla español perfectamente.

No le respondo. Diga lo que diga, estaré equivocada. Frente a Claudia, *siempre* me equivoco.

¿Cómo pude haber *pensado* en ser su amiga? Eso no sucederá *nunca*. Seremos enemigas ahora y siempre, por toda la eternidad, hasta el fin de nuestros días y en el más allá.

—¿Y bien? —dice mi mamá, con las manos en la cintura.

—Perdón —digo—. Necesito un vaso enorme de agua.

Voy a la cocina a buscar agua. Alex también está ahí. Cuando nuestros ojos se encuentran, levanta los brazos para que lo cargue. Pesa cada vez más, pero es un peso que puedo soportar. No como el peso del sofá.

En eso suena el timbre de la puerta y Alex se va gateando a ver quién es. Lo sigo. Es la mamá de Claudia. Menos mal. No tendré que ver a mi prima en los próximos dos días y eso me hace muy, muy feliz.

—¿Podemos ir a Hobby Lobby a comprar lana para el club de tejido de punto? —escucho que Claudia le dice cuando salen.

—Claro. Yo también necesito algunas cosas —responde mi tía Nena.

Se marchan. Aunque Claudia es mi enemiga acérrima, no me *importaría* pasar tiempo con ella con tal de ir a Hobby Lobby. Es una de mis tiendas favoritas. Si me apuro, tal vez pueda alcanzarlas antes de que arranque el auto. Pero luego me veo eligiendo un kit para hacer pulseras de la amistad o para pintar con números y a Claudia diciéndome que eso es un gasto innecesario, o que el cuadro que elegí está feo o que su proyecto de manualidades es mejor.

"Olvídalo", pienso. "Mejor me quedo en casa".

Ándale

Decimos **ándale** cada vez que queremos animar a alguien a hacer algo y, al día siguiente, eso es lo primero que dice mi papá cuando entra a mi cuarto.

—Ándale. Prepárate. Nos vamos a casa de Joe a comer pescado frito.

Joe es hermano de mi papá. O sea, es mi tío. También es el padre de tres de mis primos: Mirasol, Paloma y el pequeño Joe, que tiene cuatro años.

Tomo mi sombrero de pescar color beige, al que le había colgado del ala unos anzuelos viejos que mi papá me dio para hacerlo más interesante. Me encanta darle un toque personal a mis sombreros.

Me lo pongo y lo ajusto, asegurándome de que me tape casi todo el mechón blanco. Después, voy a la cocina y, en cuanto mi mamá me ve, lo señala con el dedo.

—Quítatelo —me dice.

—Pero es sábado, no voy a la escuela.

—Estás castigada durante un mes entero, punto. Los días de clases y los fines de semana.

Suspiro y me quito el sombrero, pero me niego a ayudarla a llenar los recipientes de Tupperware con ensalada de col y sandía. Cada vez que nos juntamos con mis tíos, todo el mundo lleva algo de comer. Somos tantos que es demasiado trabajo para una sola familia preparar comida para todos.

Entonces llega mi abuela con una vasija enorme de pudín de banana, adornado con galletas de vainilla. ¡Delicioso!

Mi abuela nunca toca el timbre de la puerta de nuestra casa. Como vive enfrente, es como si su casa y la nuestra estuvieran en un mismo edificio, con una calle de por medio.

Le doy un beso y un abrazo y luego me siento en el piso con Alex. Está jugando con carritos y digo "brrrum", "brrrum".

—¿Y Claudia? —pregunta mi abuela—. ¿Cómo le fue en su primera semana en la escuela?

Solo entiendo "Claudia" y "escuela". Sé que está haciendo una pregunta, así que respondo.

—Sí, Claudia comenzó a ir a mi escuela esta semana.

—Creo que quiere saber cómo le ha ido —explica mi mamá.

—Ah —digo—. Fue terrible. Muchos chicos se burlaron de ella.

—Qué triste —dice abuela.

Eso lo entiendo.

—Espero que la hayas defendido —dice mi mamá, frunciendo el ceño.

Miro al piso porque no quiero admitir que solo la defendí una mañana en el autobús. Incluso, cuando comencé a sentir lástima por ella no les dije a los chicos que dejaran de burlarse, ni se lo dije al maestro.

—Estás muy callada —dice mi mamá—. ¿Dejaste que los niños se burlaran de tu prima?

Asiento con la cabeza.

—Intenté detenerlos, pero ellos son muchos y yo, *una* sola. No podía con ellos yo sola.

Mi mamá suspira. Sé que está decepcionada.

—Si me enfrento a los abusadores —continúo—, me molestarán aún más. Se burlan de mi cabello desde que no me dejas llevar sombreros. Si me los pongo de nuevo, dejarán de burlarse de mí y, si dejan de burlarse de mí, entonces desaparecerán todos mis problemas y podré ayudar a Claudia. ¿Ves? Solo tienes que dejarme llevar sombreros otra vez.

—No voy a ceder. Sigues castigada. Además, tu cabello es lindísimo. No debería importarte lo que piensan los demás. Ellos no van a estar siempre en tu vida, pero Claudia *sí* porque es tu prima. Las primas son para siempre.

—Es cierto —dice mi abuela.

—Ahora que lo pienso —dice mi mamá—, ¿por qué no la invitas a venir con nosotros? Podemos recogerla por el camino.

¿Habla en serio? Quiero gritar "¡De ninguna manera!" pero, si lo hago, me meteré en problemas. ¿Cómo puedo convencer a mi mamá de que invitar a Claudia es un error? Tengo que darle una razón y esa razón no puede ser "Claudia me saca de quicio".

—Qué buena idea, mamá —digo—, pero...

—¿Pero qué?

—Necesito estudiar y Paloma prometió que me repasaría español.

No le he pedido ayuda a Paloma, pero estoy segura de que dirá que sí cuando lo haga. Estoy estirando la verdad un poco, pero es por una buena causa.

—Si Claudia está allí —continúo—, podría distraerme y tú sabes lo mucho que necesito practicar. Paloma me va a ayudar a hacer fichas con palabras en español por una cara y su significado por la otra.

—¿De verdad?

Mi mamá parece incrédula, así que asiento con entusiasmo. *Casi* hago la señal de la cruz, pero me detengo porque no debes hacerla cuando dices una mentira, aunque sea pequeña, porque pasarán cosas terribles. Caerán rayos y se incendiará la Tierra, enormes nubes de langostas oscurecerán los cielos y tu cuerpo se llenará de ampollas.

—De acuerdo —dice mi mamá—, pero la próxima vez iremos por ella.

Cuando llegamos a casa de mi tío Joe, Paloma no está. Está ensayando con su banda de mariachis.

—Volverá pronto —explica mi tía Sandra—. ¿Por qué no vas a saludar a Mirasol?

Voy corriendo a la habitación de Mirasol. La puerta está abierta, pero llamo de todas maneras.

—¡Prima! —dice al verme.

—¡Prima! —respondo.

Me invita a entrar y me ofrece la silla de su tocador.

—Siéntate aquí.

Mirasol tiene las uñas largas. Las tiene pintadas de morado, como los vestidos de su quinceañera, y las del dedo meñique las tiene pintadas de plateado. Si quisiera, podría modelar pulseras y anillos.

Me siento y Mirasol comienza a peinarme. Ni siquiera me pregunta. Agarra un peine y trata de pasarlo por mi cabello.

—No conseguirás desenredarlo —le digo—, por los rizos.

—No seas tonta —dice—. Ven.

Voy tras Mirasol al baño que está entre su cuarto y el de Paloma. Me lleva al lavabo y me lava el cabello con champú y acondicionador para que quede "liso y brillante". Después de secármelo con secador, estira mis rizos con una plancha pero, cuando termina, mi cabello sigue rizado y rebelde. En lugar de enojarse, se ríe.

—La próxima vez —dice—, intentaré alisártelo con cera de silicona. Con tu pelo no se puede usar agua ni espuma moldeadora porque la humedad hace que se vuelva a encrespar.

—Sabes mucho de productos para el cabello —le digo—. ¿Piensas ser peluquera cuando seas grande?

—No, voy a ser la persona que examina la sangre cuando vas al médico. Fui con tu papá a su trabajo el día de orientación profesional y vi la sangre a través de un microscopio. Fue increíble.

Mi papá trabaja arreglando equipos médicos, así que visita muchos hospitales y laboratorios. Mi mamá también trabaja, pero solo medio día. Es empleada en la tienda de regalos del hospital Spohn. Mi tía Sandra cuida a Alex mientras mi mamá trabaja.

—La peluquería es solo un pasatiempos —explica Mirasol mientras me divide el cabello en tres secciones para trenzarlo—. La próxima vez, probaremos también con un desenredante. Es un champú especial para eliminar los nudos.

No creo que funcione, pero me da igual. Tener nudos no me importa. Es el mechón de pelo blanco lo que me molesta.

—A mi cabello solo le quedan bien tres estilos —digo—. Trenzas, colas de caballo y sombreros.

Mirasol me mira a través del espejo y sonríe.

—Eres muy linda con cualquier peinado —dice.

—No me siento linda —respondo—. Odio mi lunar de canas. ¿Por qué mi mamá tuvo que mirar el eclipse de luna cuando estaba embarazada? ¿Por qué no lo miraría en la televisión?

—A mí me *gusta* tu cabello blanco —dice Mirasol—. Es especial. De hecho, mucha gente se tiñe mechones de cabello de otros colores a propósito.

Menciona gente que tiene mechones de color rosado, verde o morado. Todos son famosos, lo cual significa que *quieren* llamar la atención. Cuando le pregunto por personas con mechones *blancos*, nombra algunos superhéroes y villanos. Cuando protesto porque son personajes de ficción, se queda pensando.

—¿Y qué tal Bonnie Raitt? —me dice.

—Es verdad —le digo, pero no sé quién es Bonnie Raitt. No se lo digo porque no quiero parecer tonta.

Quisiera que Mirasol nombrara a alguna prima o a alguien que viva en el barrio o vaya a mi escuela, alguien común y corriente de Corpus Christi, que tenga poliosis y viva una vida normal. Alguien que tenga un hermano pequeño y una abuela que vive en la acera de enfrente, y que adore los sombreros y los conejos. Ojalá pudiera nombrar a alguien como yo porque, a veces, siento que soy la única persona en el mundo que es diferente.

La guitarra

Poco después, Paloma regresa de ensayar con la banda de mariachis. Entra en el cuarto de Mirasol con su **guitarra** y comienza a cantar "Ay, Jalisco", la famosa ranchera mexicana.

Entiendo un poco: "grito", "lindo" y "palabra". El resto de la letra de la canción me es incomprensible. La música hace que Alex y el pequeño Joe vengan corriendo. Entonces empiezan a saltar y a bailar. Les tomo las manos y damos vueltas en círculo mientras Paloma rasguea la guitarra y canta lo de "gritar lindas palabras". Nos reímos. Hasta Paloma suelta una risita entre versos. Mirasol no se ríe, pero sonríe y da palmadas.

Después, suelto a Alex y al pequeño Joe. Están mareados de dar tantas vueltas y pierden el equilibrio y chocan contra el tocador de Mirasol, tirando al suelo un pomo de laca y uno de perfume.

—Vamos, ya es suficiente. Todo el mundo fuera.

Alex y el pequeño Joe salen corriendo, pero Paloma se queda.

—¡Fuera! —dice Mirasol de nuevo, señalando la puerta.

Hace unos minutos, parecía mi hada madrina y mi peluquera personal pero, en cuanto apareció su hermana, cambió. ¿Por qué no puede ser *siempre* amable? Cuando vamos saliendo, escuchamos que Mirasol llama a una de nuestras primas.

—No vas a creer lo que acaba de pasar —dice—. Joe y Alex tumbaron mi tocador y rompieron un frasco de mi perfume preferido.

Paloma niega con la cabeza mientras nos alejamos por el pasillo.

—Qué mentirosa, ¿verdad? —digo.

—Así mismo —dice Paloma, riéndose y tirando de mi trenza—. Qué peinado más bonito, Luna. Te ves tan linda. Por eso eres una de mis primas favoritas.

—¿De verdad? ¿Más que Claudia?

—Claudia puede ser chévere —dice, después de pensar un poco—, pero no hablo mucho con ella. Le gusta irse de lengua y no sabe guardar secretos.

Eso es cierto. No puedo decir ni hacer nada sin que Claudia se lo cuente a mi maestro, o a mis papás, o a *sus* papás o a todas mis primas y amigas. Y, por lo que veo, a Paloma le pasa lo mismo.

Cuando llegamos a su cuarto, guarda la guitarra y cierra la puerta del baño porque oímos que Mirasol habla con alguien, probablemente con Celeste.

—¿Qué es eso de la fichas? —pregunta Paloma, tumbándose en la cama—. Cuando llegué del ensayo, tu mamá me dio las gracias por ayudarte a hacerlas. No tenía la menor idea de qué estaba hablando, pero le dije "de nada", por si acaso.

Le cuento acerca de mi nota en español, de cómo me dieron una F en un examen y una C en mi último trabajo.

—¿Por qué Claudia no te ayuda? —pregunta Paloma—. ¿No está en tu clase?

—Sí —confieso—, pero ya sabes lo competitiva que es. Probablemente me diga las cosas al revés para sacar mejores notas que yo.

—Se supone que las primas se ayuden —dice Paloma, negando con la cabeza—, no que se perjudiquen.

Extiende la mano y agarra un bloc de notas adhesivas de la mesita de noche.

—No tengo fichas —dice—, pero puedo hacerte una lista de palabras en español.

—¡Eso sería fantástico! —respondo.

Toma una nota, escribe "la cama" y la pega en su cama. Después, escribe "el espejo" y la pone en el espejo. Hace lo mismo con la puerta, la lámpara y el libro. Yo ya conozco las palabras "libro" y "puerta", pero las demás son nuevas. Paloma pone notas en una docena de cosas y las señala, haciéndome repetir el nombre para memorizarlo. Después de repasarlas unas cuantas veces, quita las notas y me examina. Fallo en dos y lo volvemos a hacer. Esta vez, acierto todas.

—¿Ves? —dice, encantada—. En tu próximo examen de español vas a sacar una nota perfecta. ¡Estoy segura!

—Supongo.

—¿Qué te pasa? No pareces convencida.

¿Cómo se lo puedo explicar? Saber palabras es muy bueno pero, aunque aprendiera cien palabras en español, no sabría cómo combinarlas.

—Necesito aprender frases —le digo—. Cuando hacemos diálogos en español, tenemos que usar frases completas.

—De acuerdo —dice—. Repite lo que yo diga.

Asiento y me enderezo para concentrarme mejor. Tengo muchas ganas de aprender más, pero en lugar de enseñarme frases corrientes, Paloma me enseña las letras de sus canciones de mariachi. No está cantando, pero reconozco las letras. Además, no tengo la menor idea de lo que estoy diciendo. ¿De qué vale saberse una frase en español si no sé lo que significa?

—Un momento —digo—. Eso no va a funcionar. Las canciones de mariachi no me van a ayudar a escribir diálogos.

—Hmm... —suspira—. Es difícil inventar frases cuando no sé de qué quieres hablar.

—Solo quiero poder responder si alguien me habla en español. Por ejemplo, saludar, decir que estoy de acuerdo o no, interesarme por algo. Cosas normales como esas.

—Está bien —dice—. O sea, lo que quieres es aprender frases coloquiales.

—Sí, ¡eso!

Ahora que sabe lo que quiero, Paloma comienza a enseñarme.

—Usamos "¡chale!" para decir "de ninguna manera". "¡Dale *shine*!" es "apúrate". "Juega la fría" significa "relájate" y "vato barato" es alguien a quien no le gusta gastar dinero. Para saludar a alguien, puedes decir "¿cómo va todo?" y, cuando te vas, dices "hasta luego". Si a alguien no le gusta trabajar puedes decir "ese vato es un vago". Y una de las cosas que más me gusta decir es "¡A la *chambirdies*!". Ni siquiera parece español.

—¿Y qué quiere decir?

—Lo inventé —dice, encogiéndose de hombros—. No significa nada pero, cuando lo pronuncias, lo sientes en los huesos, como cuando dices "¡caramba!" o "¡yuju!". Son palabras sin significado que salen de la boca por su cuenta.

Tiene sentido. Y, de pronto, me siento superfeliz. ¡Por fin estoy aprendiendo algo en español que valga la pena!

—¡Primas! —dice alguien de pronto.

Paloma y yo nos damos vuelta y vemos a Kimberly.

Mi prima Kimberly está en sexto grado, igual que Paloma, pero no van a la misma escuela. Se la pasa construyendo cosas, así que tengo ganas de preguntarle por sus últimos proyectos. El año pasado hizo un montón de casitas para pájaros.

Antes de que podamos decir nada, Kimberly nos enseña el dedo gordo. Lo tiene vendado.

—Me lo martillé sin querer ayudando a mi papá a poner una cerca —explica.

—Uy —dice Paloma—. ¿Están aquí tío Freddy y tía Nena?

—¿Vienen hacia acá? —pregunto asustada. No quiero parecer una histérica, pero son los papás de Claudia y ella es la última persona que quiero ver en el día de hoy.

—No —dice Kimberly—. No van a venir.

—¿Por qué no? —pregunta Paloma—. Comeremos pescado frito precisamente porque tío Freddy y mi papá fueron a pescar en el yate nuevo.

—No es nuevo —digo—. Es seminuevo y los asientos están agrietados.

Pienso que se van a echar a reír, pero no lo hacen. Siguen hablando como si nada.

—He oído que tía Nena es alérgica al pescado —dice Kimberly.

—¡No me digas! —se ríe Paloma—. ¿Tío Freddy compró un yate y su esposa ni siquiera puede comer lo que él pesca?

—¡Qué cómico! —digo, pero nadie me hace caso. Ni siquiera me miran.

—Si tía Nena toca, huele o come pescado o mariscos, se le hinchan las manos —explica Kimberly—, y los dedos se le ponen morados porque los anillos le cortan la circulación.

—¡Vaya! Eso tiene que ser doloroso —digo.

Pero, aparentemente, mis primas se han olvidado de mí. Ambas continúan hablando sobre las alergias de tía Nena. ¡Y siento que me he vuelto invisible!

Primero, Mirasol me trata de lo más bien y luego me echa de su habitación. Después, Paloma me presta toda su atención, pero en cuanto llega Kimberly me ignora. Yo sé que es porque soy más joven, pero la edad no debería importar. Solo tengo un par de años menos. Eso no debería cambiar nada.

Esa es *otra* razón por la cual las amigas son mejores que las primas. Una amiga te escucha *siempre*, no cuando tiene ganas o cuando no hay nadie más con quien hablar.

Muy pronto, nuestros padres nos llaman a comer. Vamos a la cocina, donde mi prima Josie está ayudando a preparar la comida. Josie es hermana de Kimberly y es más alta que todos, incluso que mis tíos. Por eso tuvo que ser la última dama de la corte de honor en la quinceañera de Mirasol. Siempre va encorvada, pero aún así llama la atención. Ella odia ser alta tanto como yo odio tener un mechón de pelo blanco. Supongo que todo el mundo tiene algo de qué avergonzarse.

En la meseta de la cocina están la ensalada de col y la sandía que trajo mi mamá. También hay frituras de maíz, papas fritas y los pescados que pescaron mis tíos cuando salieron de pesca en el yate nuevo, que en realidad es usado, y descubrieron que cuando tía Nena come pescado, se le hinchan las manos, se le cae el cabello y le salen ronchas rojas. ¡Pobre tía Nena!

¡Un momento! *Su* mala fortuna en realidad es *mi* buena fortuna porque no tengo que ver a Claudia hoy.

"¡Yupi!", pienso.

Nos servimos y nos apretujamos en la mesa, chocando con los codos mientras comemos. El pescado tiene unas espinas pequeñitas, pero está delicioso. Cuando terminamos, mi abuela saca el pudín de banana y después nos quedamos haciendo la sobremesa, medio adormilados de tanto comer.

Cuando mi tío Joe comienza a roncar, mi tía Sandra lo mira.

—Este vato es un vago —dice, y le da una palmadita en el hombro—. Oye, ayúdame a recoger.

Miro a Paloma cuando escucho "Este vato es un vago", y ella me guiña un ojo.

—¡A la *chambirdies*! —digo.

Todos me miran perplejos y Paloma niega con la cabeza. Al parecer no es el momento indicado para decir esa frase. Supongo que todavía no entiendo lo que significa, pero si lo digo en diferentes situaciones, más tarde o más temprano acertaré. Y entonces seré bilingüe como los demás.

Otra vez

Hoy es lunes y hay que ir a la escuela **otra vez**. Y ahí está Claudia, sentada en mi silla, comiéndose mi desayuno otra vez: una empanada de calabaza que tomó de una bolsa de panes dulces que compró mi papá. Sin mirar dentro de la bolsa, sé que es la última porque es mi favorita y Claudia siempre se come el último bocado de lo que más me gusta. Abro la bolsa y, efectivamente, solo quedan dos conchas, que es un tipo de pan suave con azúcar en polvo de color blanco o rosado. Se llaman así porque parecen la concha de un caracol. Tomo una, le doy un mordisco y mastico. No está mal, pero prefiero la empanada.

La mochila de Claudia está colgada en la silla. Mi prima mete la mano en ella y saca una madeja de lana.

—Compré verde porque es tu color favorito —me dice.

—Ah —digo—, qué amable. Pero *no* es amable porque compró el verde equivocado. En lugar del color de las ranas o de las esmeraldas, la lana de Claudia es verde como las algas.

—Los lunes hay reunión del club de tejido de punto —dice—. Aprenderé a tejer, y el mes que viene comienzo a practicar *kickball*. Tengo muchas ganas de jugar.

—Me alegra verte tan incorporada a las actividades de la escuela —le dice mi mamá a mi prima, y luego me mira—. ¿Y tú, Luna Fortuna? No has mencionado ningún club este curso.

Me encojo de hombros porque no me he apuntado en ninguno. El año pasado trabajé en el boletín con Mabel, pero era como tener otra clase de redacción. Después me uní al club de mascotas, pensando que podría cuidar un conejo y mis padres verían lo responsable que soy. Pero no hay conejos en mi escuela. Tenemos peces, lagartos, culebras, tortugas y hámsteres, y lo único que hacíamos en el club de mascotas era limpiar el acuario y las jaulas una vez por semana.

—¿Y bien? —insiste mi mamá.

—No he decidido todavía —respondo—. Tal vez haya un club de sombreros o una clase de cocina.

—Una clase de cocina suena divertido —dice, sonriendo—. Ya me dirás si necesitas algo.

Habla como si ya me hubiera apuntado en ese club, aunque dije lo primero que me pasó por la mente. Pero no estaría mal aprender a hacer empanadas y panecillos de arándanos y panqueques para poder desayunar lo que yo quiera y no las sobras de Claudia.

Tenemos que irnos. Me acuerdo de mi cabello y suspiro porque no puedo llevar un sombrero a la escuela. Aún quedan tres semanas de castigo. Eso es casi tanto tiempo como el ciclo de vida de un mosquito o una mosca... lo cual quiere decir que si fuera un mosquito o una mosca, ¡me pasaría la vida entera sin ponerme un sombrero!

"Deja de pensar en eso", me digo a mí misma, y decido preguntarle a Claudia sobre las alergias de su mamá.

—¿Es verdad que la última vez que tu mamá comió pescado se le cerró la garganta y tuvieron que llamar a una ambulancia para salvarle la vida?

—No —dice—. ¿De dónde sacaste eso?

—Me lo dijo Paloma. O Mirasol o Kimberly, no me acuerdo.

—¿Ah, sí? ¿Cuándo hablaste con *ellas*?

—El sábado, cuando nos reunimos para comer pescado frito.

—¿Tú fuiste?

—Sí, me invitaron. *Siempre* me invitan.

—A mí también —dice Claudia—. Me invitan siempre, pero no fuimos porque a mi mamá no le gusta el pescado. No tiene alergia. Simplemente no le gusta el sabor.

—Entonces, ¿por qué tu papá compró un yate?

—Porque le gusta pescar y porque en un yate se pueden hacer muchas cosas. Puedes dar un paseo y contemplar la ciudad y todas las mansiones de Ocean Drive. También puedes disfrutar de la paz y la tranquilidad mientras te mecen las olas y comes pollo frito de Kentucky Fried Chicken.

—¿El mismo que tu mamá le lanzó al yate con el puré de papas y la ensalada de col?

—Eso no es... —Claudia niega con la cabeza—. Bueno, olvídalo. Cualquier cosa que diga la vas a exagerar.

—No es verdad.

—Sí lo es.

—¡No lo es!

No puedo creer que piense que yo exagero o miento. Entonces vemos que se acerca el autobús y corremos hasta la esquina. Por suerte no lo perdemos, pero eso también es *mala suerte*, porque ahora tengo que ir a la escuela sin sombrero en lugar de quedarme en casa, donde al menos puedo *mirarlos*.

—Había una anciana que vivía en un zapato —dice un chico cuando subimos al autobús.

Lo fulmino con la mirada. Después, una chica se tapa la nariz y *Claudia* la aniquila con los ojos. Mi mirada asesina y la suya bastan para callarlos pero, por si acaso, los miro fijamente unos segundos más. No soy tímida. Los miro directamente a los ojos y, si mis ojos fueran medusas, picarían a los abusadores.

Me siento al lado de Mabel. Mi amiga me pregunta si

estoy bien y le digo que lo único que quiero es volver a ponerme un sombrero. Nos quedamos en silencio.

—¿Te has apuntado en algún club? —le pregunto—. Aparte del boletín, quiero decir.

—Todavía no. ¿Por qué? ¿Quieres que nos apuntemos en alguno?

—Me encantaría —digo—. Pero no podemos apuntarnos en el de tejido de punto porque ahí está Claudia.

Mabel arquea las cejas. Sé que no le gusta que yo evite a Claudia, pero no dice nada al respecto.

—Bueno, tampoco podemos apuntarnos en ningún club que se reúna los martes porque ese día hacemos el boletín, pero cualquier otro día está bien.

Chocamos los puños, que es nuestra forma de sellar un trato.

—Por cierto —añade Mabel—, este año estoy a cargo de la columna "Lo más destacado".

El año pasado, la columna "Lo más destacado" publicaba artículos sobre los maestros nuevos, los programas escolares y los proyectos de remodelación en nuestra escuela. Es lo único interesante del boletín, así que me alegro de que Mabel esté a cargo.

—Voy a entrevistar a Claudia durante el recreo —dice Mabel—. Quiero escribir sobre ella, ya que comenzó este año en la escuela. Saldrá su foto y un párrafo.

No puedo creer que vaya a escribir acerca de Claudia. Tal vez no lo ha pensado bien.

—¿No podrías escribir sobre otra persona? Claudia no es tan interesante.

—Pensé que te alegrarías. Solo quiero que tu prima se sienta bienvenida.

—Ya se siente bienvenida —digo, pero como veo que Mabel no va a cambiar de idea le hago una sugerencia—. ¿Por qué no te ayudo a pensar en las preguntas? —Acerco mi puño a su boca, como si fuera un micrófono—. Hola, Claudia. ¿Cuándo vas a volver al Sagrado Corazón?

—No va a volver —dice Mabel, apartándome la mano—. Acéptalo. Además, tengo que hacer la entrevista sola. Tú nos vas a distraer.

—No lo haré. Lo prometo.

—Luna, te conozco desde primer grado —dice mi amiga.

Esa es su forma de decir que por mucho que yo prometa, no voy a poder evitar ser un estorbo.

—De acuerdo —digo—. Pero espero que escribas la verdad sobre Claudia. Tienes que reflejar su *verdadera* forma de ser.

—Lo haré. Los buenos periodistas son objetivos.

Cuando llegamos a la escuela, Mabel y yo nos dirigimos al pizarrón de anuncios de los clubes. Algunos duran todo el curso, pero otros, solo un mes. Depende del tema. Miro los anuncios; no hay ningún club de sombreros, ni de conejos, ni de cocina, ni de buena fortuna.

Hay un grupo que se reúne para jugar juegos de mesa, pero es el mismo día del boletín de Mabel. También hay *ping-pong*, pero a Mabel no le interesa.

—¿Qué hacen? —pregunta John-John, metiéndose entre Mabel y yo.

—Buscamos un club —responde Mabel—. Luna y yo queremos matricularnos en uno en el que podamos estar juntas, pero no encontramos uno que nos interese a ambas.

—Únanse a *mi* club de jardinería comunitaria —nos dice—. La semana que viene plantaremos tomates y repollos.

—¿Y flores? —pregunto.

—Quizás, pero las flores no se comen. Yo me apunté porque tendremos que cultivar nuestra propia comida cuando llegue el apocalipsis zombi.

—Nos harán falta flores también —digo—, para darnos esperanzas.

—Así es —añade Mabel—. Acabo de escuchar la historia de una chica cuyo avión se averió en el aire y ella cayó a tierra, amarrada a su asiento. Nadie más sobrevivió, ni siquiera su mamá. ¿Se imaginan tener que vagar por la selva amazónica sin comida y con un solo zapato, con todos esos insectos picándote, sin espejuelos de leer cuando más los necesitas? Estuvo así diez días hasta que la encontraron. ¿Qué la mantuvo viva? La esperanza. Lo vi en la televisión.

John-John se queda pensativo.

—Supongo que también necesitaremos esperanza. No queremos perder el deseo de vivir. Si eso llegara a pasar, quizás nos dé por *entregarnos* a los zombis.

—Pues iremos al club de jardinería comunitaria —decido, dejándome convencer por sus argumentos.

Encuentro la hoja de inscripción. Quedan algunas plazas. Escribo mi nombre y agarro el folleto que tiene la lista de los materiales necesarios. Tal vez pueda plantar zanahorias para cuando tenga por fin un conejo.

Buenos días

Suena el timbre y nos apuramos para llegar a clase.

—**Buenos días** —dice el Sr. Cruz cuando entramos.

—Buenos días, Sr. Cruz —respondo en español—. ¿Cómo va todo?

—Muy bien, muy bien —responde, sonriendo. Pero no sé por qué lo dice dos veces.

Es otro día aburrido. En la clase de gramática estudiamos una lista de palabras nuevas con los sufijos "ible" y "able", como "variable", "potable", "vivible" y "comestible". Sé el significado de algunas de esas palabras, pero no de todas. Por suerte, el Sr. Cruz nos deja usar el diccionario para que podamos construir oraciones con ellas. Yo las empleo en oraciones acerca de Claudia y otras cosas que me preocupan:

1. No hay nada más desagradable que ir a la escuela con tu prima.

2. Es horrible cuando mi mamá se cree las mentiras que le cuenta mi prima sobre mí.

3. Ojalá fuera aceptable gritarle a mi prima cuando me saca de quicio.

4. Quisiera ser invisible cuando la gente hace bromas acerca de mi mechón de cabello blanco.

Cuando terminamos, el Sr. Cruz dice que leamos nuestras oraciones en voz alta. Yo no me ofrezco de voluntaria. Claudia tampoco, pero luego de que algunos alumnos leen las suyas, levanta la mano.

—Existen muchas palabras con el sufijo "ible" que deberíamos añadir a la lista, como "sensible", "indiscutible" y "factible" —dice.

—Creo que tenemos suficientes palabras para esta semana —dice el Sr. Cruz—, pero me acabas de dar una idea fantástica. —Se vuelve hacia la clase—. Para obtener puntos extra, busquen al menos tres palabras que no se hayan dicho en clase. Haremos una lista en la pizarra para que todos la puedan ver.

Agarra un rotulador azul y escribe las palabras que dijo Claudia, lo que significa que mi prima obtendrá puntos extra sin siquiera habérselo propuesto.

Miro a la case y ¡no lo puedo creer! Claudia acaba de darnos más trabajo pero, en lugar de enojarse, mis compañeros de clase parecen contentos. *Quieren* encontrar más palabras. Creen que es una competencia.

"Pues competencia tendrán", pienso.

Levanto la mano y el Sr. Cruz me da la palabra.

—¿Puedo añadir mis tres palabras ahora mismo?

Me ofrece el rotulador. Voy a la pizarra y las escribo. Me volteo para mirar a Claudia.

En su cara hay una sonrisa de superioridad. Probablemente de envidia.

—Aplaudo tu esfuerzo, Luna, pero esas palabras están mal escritas —dice el Sr. Cruz y las borra.

Ahora entiendo por qué Claudia me miró de esa manera. No era envidia. Era satisfacción. *Sabía* que había escrito mal las palabras. Y ahora todo el mundo lo va a saber también, incluidos mis papás, tías, tíos y primas.

—Yo pensaba que se escribían como tú las pusiste —dice Mabel cuando me siento.

—Igual que yo —añade John-John.

No les creo. Solo tratan de hacerme sentir bien, pero lo único que funciona es beber agua, así que me tomo un gran sorbo. La siento agradable y fresca. Alivia la frustración, tal y como dijo mi abuela.

Luego tenemos la clase de ciencia. Como es temporada de huracanes, estamos estudiando el clima. El Sr. Cruz nos muestra el sitio web del Centro Nacional de Huracanes y nos entrega mapas con cuadrículas de líneas de puntos. Hay una depresión tropical a 23° norte y 75° oeste. Está muy lejos, al otro lado de Florida, así que no entiendo por qué nos debe preocupar. Además, es una *depresión* tropical, que no es tan mala como una tormenta tropical, que no es tan mala como un huracán.

El Sr. Cruz explica cómo se forman los huracanes. Presenta diapositivas y usa un montón de palabras relacionadas con el clima. Cuando habla de la presión atmosférica, Claudia levanta la mano de nuevo.

—El año pasado, en el Sagrado Corazón —dice—, hicimos un barómetro con nylon, una lata y una pajilla.

—Suena interesante —dice el Sr. Cruz—. ¿Les gustaría hacer un barómetro?

—¿Para obtener puntos extra? —pregunta alguien.

El Sr. Cruz acepta dar puntos extra y se levantan unas diez manos, ¡entre ellas la de John-John! Mabel *casi* levanta la suya, pero cambia de idea porque, si *yo* no voy a hacer un barómetro, *ella* tampoco.

Claudia acaba de darnos más trabajo y, en lugar de poner los ojos en blanco, mis compañeros le dan las gracias. Parece que se han olvidado incluso de su nariz gigante. ¿Qué les pasa? ¿Estoy en un universo paralelo? Eso ocurre a veces en *Star Trek*.

Vuelvo a beber de la botella de agua. Me la bebo casi entera.

Cuando salimos al recreo, tiro de la manga de la camisa del Sr. Cruz.

—¿Puedo ir rápido al baño? —le pregunto—. Es urgente.

—Vas mucho al baño últimamente. ¿Estás enferma? ¿Todo bien?

—Sí —respondo—. Simplemente tengo que ir al baño.

Parece preocupado, pero asiente, así que corro por el pasillo lo más rápido que puedo.

Cuando salgo al recreo, Mabel y Claudia están sentadas en un banco. Mabel tiene un cuaderno y toma notas. Sé que quiere ser periodista cuando sea grande, pero eso no significa que deba entrevistar a Claudia. Los periodistas entrevistan a gente famosa. Debería entrevistar a las personas más famosas de nuestra escuela, como el director, el alumno más inteligente de cada grado o cualquiera que gane un premio. Claudia solo lleva una semana en este sitio, todavía no ha ganado nada y probablemente no lo haga nunca.

Busco a John-John y lo encuentro en la cancha de baloncesto. La cancha tiene seis aros y un grupo de chicos está tratando de encestar. John-John está con Josh, Tamara y Luke.

—¿Puedo jugar?

En lugar de contestar, Luke me lanza la pelota y yo la tiro al aro. Golpea la parte de abajo del tablero. Nos turnamos. Tamara hace un tiro libre y encesta. La pelota de Josh da vueltas en el borde del aro, manteniéndonos en suspenso, pero al final cae afuera. Luke intenta una jugada de tres puntos y falla, pero John-John alcanza el rebote y encesta. Después me toca a mí de nuevo. Lanzo la pelota, al estilo abuelita, y vuela por encima del tablero para rodar por la hierba.

—El voleibol se me da mejor —explico.

Acaba el recreo y volvemos al salón de clase. Cuando el Sr. Cruz anuncia la clase de matemáticas, digo "¡Chale!". Algunos chicos se ríen, pero *él* no parece nada contento.

Cuando reparte las hojas de ejercicios y tarda una eternidad en llegar a mi asiento, digo "Dale *shine*". Como levanta una ceja, sorprendido, digo "¡Ándale!". Su ceja sigue arqueada y me pregunto si sabe lo que significan esas palabras.

Entonces, mi maestro sorprende a Ryan garabateando en lugar de hacer su trabajo, y digo "Ese vato es un vago". Algunos chicos vuelven a reír, pero el Sr. Cruz pone cara seria. Antes de que pueda reñirnos, digo "Juega la fría". Pero los chicos no se relajan, sino que se ríen aún más alto.

—Luna —dice el Sr. Cruz—, quizás puedas trabajar en silencio.

No levanta la voz, pero veo que está enojado. Claudia niega con la cabeza y sé que se lo dirá a mi mamá. Estoy intentando portarme bien. ¡Incluso hablo español cuando no me lo exigen! Pero, por alguna razón, me sigo metiendo en problemas.

El problema

Una de las palabras más fáciles de aprender en español es "**problema**". Se dice igual que en inglés, pero termina en "a"; aunque, en Texas, mucha gente le pone una "o" al final y dicen usualmente "no *problemo*". Ojalá pudiéramos hacer eso con *todas* las palabras. Debería alegrarme de que al menos *algunas* palabras en español suenen parecido en inglés, porque hay otros idiomas, como el japonés, el griego o el tagalo, que no se parecen en nada.

La razón por la que pienso que estoy en problemas es que, en cuanto llego a casa, mi mamá me pide que me siente y se acomoda a mi lado.

—He escuchado que tuviste un día interesante —dice.

A veces "interesante" quiere decir "fascinante", pero otras veces significa "extraño". Así que estoy pensando si mi día fue fascinante o extraño pero, que yo recuerde, fue un día normal. Entonces, ¿por qué mi mamá quiere hablar de un día normal? ¿Y por qué me pide que me siente, como si estuviera a punto de darme una noticia terrible y le preocupara que me fuera a desmayar del susto? ¿Y qué quiere decir ese "he escuchado"?

—¿Has escuchado? ¿De boca de quién? —pregunto, y entonces caigo en cuenta—. ¿Claudia volvió a irse de lengua? ¿Cómo tuvo tiempo? Pensé que después de clases iba al club de tejido.

—No he hablado con Claudia —explica mi mamá—. El Sr. Cruz llamó hace unos minutos.

Cuando los maestros llaman, siempre es para dar malas noticias. Créanme, lo sé. Mis maestros han llamado a casa muchas veces y nunca ha sido para nada bueno.

—¿Te dijo el Sr. Cruz que escribí mal tres palabras? Esas palabras no estaban en la lista oficial. Era para obtener puntos extra, así que no afectan mis notas.

—No, no hablamos de ortografía.

—¿Fue porque usé mis crayones rojo y negro para convertir el mapa de huracanes en un tablero de ajedrez? No sé qué importancia tiene eso. Todavía puedo trazar el gráfico de una tormenta con rotuladores.

—No hablamos de...

—¿Fue porque me quejé de las matemáticas y le dije que se apurara con las hojas de ejercicios y le dije a Ryan que era un "vato vago" y luego le pedí a la clase que se relajara porque no paraban de reír y el Sr. Cruz se veía enojado? Porque lo que estaba tratando de hacer era ayudarlo a poner orden.

—¡Luna Ramos! —exclama mi mamá.

Y cuando ella pronuncia mi apellido es para decirme que me calle.

—Me llamó porque pides constantemente permiso para ir al baño. Le preocupa que puedas estar enferma porque, cada vez que vas, parece... bueno... que es urgente. Dice que vas casi cada una hora. —Me toca la frente—. ¿Te sientes mal, *mija*?

—No, estoy bien —digo, apartándole la mano—. Solo bebo mucha agua. *Mucha* agua. Estoy siguiendo el consejo sabio de abuela. Dice que tome agua cuando me sienta estresada, y he estado muy, muy estresada desde que Claudia está en mi clase, siempre espiándome y dando ideas para nuevas tareas, y también porque no puedo ponerme un sombrero.

—Pues tal vez deberías probar otra estrategia —dice mi mamá después de mirarme fijamente por un rato—. Tomar agua es bueno, pero en la escuela no puedes estar yendo al baño cada una hora.

Me quedo pensando y se me ocurre una excelente idea.

—Podría volver a ponerme sombreros —sugiero—. Y Claudia podría irse a otra clase de quinto grado.

—En la vida real… —comienza a decir mi mamá, suspirando.

Entonces dejo de prestarle atención porque, cada vez que mi mamá empieza una frase con "En la vida real", siempre le sigue algo malo. Cuando pregunté si podíamos ir a la Antártida a ver los pingüinos en su hábitat natural, me dijo que en la vida real el dinero no crece en los árboles. Cuando me sorprendió tratando de agarrar una rana para besarla, me dijo que en la vida real las ranas no se convierten en príncipes. Y cuando me escuchó recitar hechizos para intentar convertir a mis primas antipáticas y pesadas en mosquitos, me dijo que en la vida real la magia no existe y que por eso no debes besar ranas ni pedir deseos a las estrellas ni chocar tus zapatos rojos tres veces. En aquel entonces, yo estaba en tercer grado y sabía que no existía la magia, pero aún así tenía *esperanza*. "¿Y las supersticiones no son como la magia?", le pregunté. "¿Y tú no crees en *ellas*?". En lugar de responder, se cruzó de brazos y, de alguna manera, su arruga de consternación se hizo más profunda que al principio de la conversación.

Ojalá en la vida real *hubiera* magia. Sí, tal vez la usara para convertir a mis primas en mosquitos cuando me enojo, pero también haría cosas buenas, como convertir todas las zanahorias en pastel de zanahoria y todas las bananas en pudín de banana. Imaginen lo dulce que sería el mundo.

—¿Luna? —dice mi mamá—. Luna Fortuna, ¿me escuchas?

—Eh… más o menos.

—Te decía que no siempre puedes conseguir todo lo que quieres, así que debes aceptar tu situación, incluso cuando no te gusta. A veces tienes que tratar con gente que no te cae bien. Tal vez no sea una prima. Puede ser alguien en el trabajo y, si no aprendes a llevarte bien con los demás, puedes perder el empleo. Tampoco podrás llevar sombreros siempre. En algunos trabajos hay que llevar uniforme, y la mayoría de los uniformes no tienen sombrero. Si no sigues el código de vestir, también pierdes el empleo. ¿Entiendes?

—Sí —digo, derrotada—. No podré conservar ningún trabajo porque todo lo que haga será motivo para que me despidan.

—Todo irá bien —dice mi mamá, riendo—, si aceptas que Claudia no se va a cambiar de escuela y que sigues castigada. —Luego se pone seria—. Para serte sincera, una de las razones por las cuales te puse ese castigo es porque quiero que te aceptes *tal y como eres*, con mechón blanco y todo.

—Yo me acepto, pero los demás… —Hago una pausa porque no quiero ni acordarme de las burlas—. Los comentarios de los chicos son otra de las razones por las que bebo mucha agua y tengo que ir al baño cada cinco minutos.

—Dales tiempo —dice mi mamá—. Cambiarán. Mientras, necesitas buscar otra forma de combatir el estrés.

Mi mamá va a la cocina y la sigo. Abre un armario alto y saca una caja de zapatos grande.

—Estas son pelotas antiestrés —dice, destapando la caja—. Elige una.

Cuando miro, veo pelotas blandas de diferentes formas. Algunas son redondas con logos de ferreterías o farmacias. Pero las hay también con forma de oso polar, de lata de bebida, de hidrante y de cerdito. Busco una que tenga forma de conejo, pero no hay. Elijo entonces una morada en forma de estrella de mar. Dice "Isla Mustang" en la parte de abajo.

—La próxima vez que te sientas estresada —explica mi mamá—, aprieta la estrella de mar.

—¿Y ya? —pregunto.

Mi mamá asiente.

—¿Y puedo tomar agua también?

—Claro, pero no tanta. Ahora ve a hacer tus tareas antes de que se haga tarde.

Voy a mi cuarto y saco mis libros, pero no hago las tareas enseguida. Miro fijamente la estrella de mar. El año anterior, en el Acuario Estatal de Texas, aprendí algunas cosas interesantes, como que las estrellas de mar no son peces. En realidad, están emparentadas con las lochas o galletas de mar, que yo siempre pensé que eran conchas y no animales. Además, a las estrellas de mar les vuelven a crecer los brazos que pierden, y tienen espinas para protegerse. Paso mi mano por la estrella de mar de esponja. Esta no tiene espinas, como yo no tengo sombrero. De cierto modo, somos iguales porque no tenemos nada para protegernos de los chicos malos de este mundo.

El nombre

Ya mencioné que muchas de mis primas tienen nombres de objetos celestes o cosas relacionadas con el espacio, pero también tengo una prima que está en cuarto grado que se llama Marina, un **nombre** relacionado con el mar y los embarcaderos. Tiene fotos junto al letrero de muchos embarcaderos: Marina Municipal de Corpus Christi, Marina Cove Harbor, Marina Bluffs Landing y Marina Fulton Beach. Así que, cuando me llama por Skype, en lugar de decir "Hola", digo: "Marina, ¿quieres ir a la marina?".

Me responde que sí, aunque no podemos ir porque hay clases al día siguiente.

—No te llamo para hablar de marinas —dice—. Acabo de hablar con Claudia por Skype y me contó algo gracioso. Dijo que usaste un montón de expresiones callejeras en la clase de español.

—No, no fue así.

—Pero dijiste "Vamos a *lunchar*", "Dale *shine*", "Juega la fría" y "Ya te *watcheo*, güey".

Su perro *poodle* ladra en el fondo. Parece que está de acuerdo con ella, como si dijera: "¡sí!, ¡sí!, ¡sí!". Marina tiene muchas mascotas y todas tienen nombres de calles de Corpus Christi. Su *poodle* se llama Weber.

—No dije *todas* esas cosas —explico—, solo *algunas*.

—Pero eso no es español de verdad —dice Marina—. Es como si, para referirte a tus amigos, les dijeras "mi banda", o si te enfadaras con alguien y dijeras "Voy a madurar a esa chica".

¿Banda? ¿Madurar? No tengo idea de qué habla.

Antes de que pueda preguntar qué quiere decir eso, continúa.

—Dice Claudia que a los demás les dio gracia y, como se estaban riendo, tú seguiste llamando la atención.

—Yo no...

—Y después el maestro te mandó a callar y tuviste que usar lenguaje de señas el resto del día, y nadie sabía de qué estabas hablando, pero daba igual porque dice Claudia que los demás *nunca* saben de qué hablas.

No le contesto. Simplemente cierro los ojos e imagino que soy capaz de disparar electricidad y hacer que viaje por el ciberespacio para que le dé una buena sacudida a Claudia por decir tantas mentiras sobre mí y a Marina por creérselas.

—¡Paloma! —digo—. Es su culpa. Pensé que me estaba ayudando, ¡pero me engañó!

—¿*Paloma* te dijo que dijeras esas cosas?

—Me estaba repasando español, pero en lugar de enseñarme palabras de verdad, me enseñó frases callejeras.

—¿Buscarás cómo vengarte? —pregunta Marina, poniéndose seria.

—Bueno... no... Yo no dije eso. O sea, estoy brava, pero...

—No te preocupes —dice Marina—. Estoy de tu lado. Una prima nunca debería hacer que otra prima pase vergüenza. Te aseguro que Celeste y Estrella también estarán de tu lado cuando les cuente lo que te hizo Paloma.

—¿Cómo? No se lo cuentes...

Pero es demasiado tarde. Marina no me oye y cuelga sin esperar a que termine la frase. Así que ahora Paloma pensará que estoy enojada, lo cual es cierto, pero no pensaba hacer nada al respecto, salvo quizás ir al próximo concierto de su grupo de mariachis y abuchearla. Seguramente puedo abuchear, sonreír y aplaudir a la vez. Así, cuando me mire, pensará que la estoy aplaudiendo y no vengándome.

Es un buen plan, pero no me ayuda a sentirme mejor. Me siento humillada. Mis compañeros de clase se reían porque estaba haciendo el ridículo. ¿Cómo podré volver a mirarlos a la cara?

Necesito que alguien me aconseje, así que echo a correr.

—Voy a casa de abuela —le digo a mi papá cuando paso por su lado.

Salgo zumbando. En menos de un minuto llego a casa de abuela.

—¡Abuela! —llamo a través de la puerta mosquitera.

—¡Pasa, pasa! —dice ella, haciendo una señal con la mano.

Se sienta en el sofá y señala hacia la mecedora. Me siento, pero me vuelvo a parar. Luego me siento de nuevo y otra vez me levanto. No estoy cómoda ni sentada ni de pie, ya que estar disgustada por dentro te hace sentir disgustada por fuera también.

—Siéntate, por favor —dice mi abuela.

Veo, por el gesto que hace con la mano, que quiere que me calme. Me siento en la mecedora y trato de quedarme sentada.

—¿Qué pasó? —pregunta.

—Mis primas —digo—. Siempre me están metiendo en problemas y se ríen de mí porque no sé hablar español, pero no soy la única. Kimberly y Josie tampoco hablan español porque su papá no es mexicano. A *ellas* nadie les hace la vida imposible, pero a *mí* sí. Y, en lugar de enseñarme, mis primas empeoran las cosas. ¡Le pedí ayuda a Paloma y solo me enseñó frases callejeras!

Inconscientemente, me he vuelto a poner de pie pero, en lugar de sentarme y pararme, ahora camino de un lado a otro. Gato me mira desde la mesita, moviendo la cabeza de derecha a izquierda como si una cuerda invisible se balanceara delante de él.

—¿No se supone que tenemos que ayudarnos las unas a las otras? —digo—. Cuando Claudia comenzó en mi escuela la semana pasada, se la presenté a todo el mundo y le enseñé la escuela. La ayudé a ponerse al día con las lecciones. Incluso cargué sus libros algunas veces y les eché miradas asesinas a los chicos que se burlaron de su nariz. Fui *muy* amable. Y *no* le conté a mis primas todo lo que ella hacía. Eso es ser chismosa y yo *no* soy chismosa. Ahora que lo pienso, no es culpa de Paloma en absoluto. Es culpa de Claudia. *Ella* fue quien le dio la idea al Sr. Cruz de que una prima podía ayudarme a aprender español, y *ella* fue quien llamó a Marina para contarle chismes y luego Marina me llamó a mí. Y ahora Marina llamará a mis otras primas para decirles que estoy enojada con Paloma, cuando la persona con quien *realmente* estoy enojada es con Claudia por empezar todo el chisme. ¿Qué debo hacer, abuela?

Tengo que respirar hondo porque estoy hablando demasiado rápido, pero no importa. Abuela necesita tiempo para entender lo que digo. Ella no habla inglés, así que lo que digo le debe sonar a "bla, bla, bla".

Finalmente, me da un consejo sabio.

—En boca cerrada no entran moscas.

Tardo un poco en traducir el "boca, bla, bla, bla, moscas" de abuela. ¿Estará hablando de las pequeñas bocas de las moscas? ¿O de comer moscas? No lo tengo claro… hasta que recuerdo lo supersticiosa que puede ser mi familia. Algunas supersticiones tienen que ver con la buena o la mala suerte, pero otras arreglan las cosas. Por ejemplo, cada vez que Alex tiene hipo, mamá arranca un hilo de su ropa y se lo pone en la frente. A veces demora en dar resultado, pero al final siempre se le quita el hipo.

Seguro que esta es una de esas supersticiones que sirven para arreglar las cosas. Repito lo que entendí en mi mente mientras trato de descubrir la solución a mi problema. Quiero que Claudia deje de hablar de mí, así que tengo que hacer algo con moscas.

—Eres muy sabia —le digo a mi abuela—. ¡Gracias!

—De nada, *mija* —responde, sonriendo.

Las moscas

Hoy pienso cazar **moscas**. También pienso ser la primera en desayunar. Me levanto treinta minutos antes de lo habitual, me visto, miro con nostalgia mis sombreros y me apuro para llegar a la cocina antes que Claudia. Pero, en lugar de Pop-tarts, panecillos de arándano o empanadas, mi mamá ha preparado huevos revueltos con tocino, ¡y hay suficiente para todos!

—Te levantaste temprano —dice mi papá.

Normalmente él ya se ha ido cuando yo salgo a desayunar.

—Quiero comenzar a comer antes de que llegue Claudia porque siempre se come mi desayuno.

Mi mamá me mira sin decir nada.

—A quien madruga, Dios lo ayuda —dice mi papá.

Me besa en la frente, luego besa a Alex y a mamá y se va.

Hay otro motivo que me hizo ir a la cocina antes de que llegara Claudia. No quiero que me vea agarrar el matamoscas. Está debajo del fregadero de la cocina. Lo saco y lo guardo en la mochila.

—¿Para qué quieres eso? —pregunta mi mamá.

Decido contarle una media verdad para no decir una mentira completa. En todo caso, una media verdad tiene que ser mitad verdad, ¿no? Y la otra parte no cuenta si estás tratando de solucionar un problema, que es exactamente lo que voy a hacer.

—Vamos a merendar durante el recreo —respondo—. ¿Dónde están los sobres? —digo, sin darle tiempo a que haga más preguntas.

Abre una gaveta y me da uno.

—¿Piensas escribirle una carta al editor del periódico? —dice en tono de burla—. ¿O al alcalde?

—No, pero si les escribiera, les contaría que las calles están llenas de baches.

—¡Ni me hables de eso!

Pongo el sobre y el matamoscas en la mochila, la cierro y me sirvo el desayuno. Después entra Claudia (¡ni siquiera llama a la puerta!), toma un plato y se sirve huevos y tocino sin pedirle permiso a mi mamá. Se comporta como si la casa fuera suya, como si *viviera* aquí.

A la hora de irnos, tomo mi botella de agua pero, antes de llenarla, mi mamá me la quita.

—¿Dónde está la estrella de mar? —me pregunta.

La saco del bolsillo y ella asiente.

—No te olvides de apretarla si te sientes estresada.

—Mamá —digo entre dientes.

No quiero que mi prima sepa lo de la estrella de mar. Quién sabe qué tipo de historia inventaría. Por suerte, no lo menciona.

—¿Quieres ver lo que estoy haciendo en el club de tejido de punto? —me pregunta cuando llegamos a la parada.

No me da tiempo a decirle que no. Mete la mano en la mochila y saca una cosa hecha de lana verde que no tiene forma ni de hexágono, ni de octágono, ni de dodecaedro, ni de ninguna otra figura de las que están en nuestro pizarrón. Tampoco es un cuadrado. Creo que podría ser un círculo, si los círculos fueran como un panqueque hecho por alguien que no sabe hacer un panqueque.

—Estoy usando la lana verde —me dice.

—Qué amable —digo, mirándolo de nuevo.

Pero *no* es amable, porque compró el verde equivocado. En lugar del verde de los tréboles de cuatro hojas, es un verde parecido al que sale de una oruga cuando la pisas.

—Estoy preparando una sorpresa —añade Claudia.

Normalmente, cuando una prima me dice que algo es sorpresa, le ruego que me dé pistas, pero ahora no quiero mostrar interés porque Claudia empezará a presumir de lo bien que teje.

El autobús llega enseguida y, cuando subimos, algunos chicos dicen "mofeta" y "qué peste" y se llevan las manos a la nariz. Lo murmuran en voz baja, pero yo puedo oírlos y Claudia también. Mi prima se deja caer en su asiento pero, en lugar de esconderse detrás de un libro, se pone a tejer.

En cuanto me siento, Mabel cierra su libreta y la esconde.

—¿Qué escribías? —pregunto.

—Estaba trabajando en el artículo sobre tu prima.

—¿De verdad? Déjame verlo.

Trato de quitarle el cuaderno, pero lo mete de prisa en la mochila antes de que yo pueda verlo.

—Tendrás que esperar a que salga el boletín el viernes.

—Pero...

—No hay peros que valgan —dice Mabel—. No puedo revelar la historia antes de su publicación oficial.

—No le diré nada a nadie —digo—. Lo prometo.

—Luna —dice, suspirando—, te conozco desde primer grado.

Esa frase siempre es como el punto final de una conversación. Nada que yo diga la va a convencer. No soporto no saber nada sobre el artículo, así que meto la mano en el bolsillo, saco la estrella de mar y la aprieto. Me ayuda algo, pero no tanto como beber agua.

Pasamos un par de horas en clase y, justo antes del recreo, les pido a John-John y a Mabel que me ayuden a cazar moscas. A Mabel le da un poco de asco la idea, pero la sonrisa de John-John es más ancha que el puente Harbor. Imagínense, si fue capaz de comerse un gusano, cómo no va a querer cazar moscas. Veo que toma una cajita de jugo.

—Cebo para las moscas —dice.

—Es un secreto que no podemos compartir con Claudia —digo.

—¿Qué estás tramando? —pregunta Mabel, cruzando los brazos.

Me recuerda a mi mamá y eso me da escalofríos.

—Se trata de una tradición mexicana para detener el chisme —explico—. Me la enseñó mi abuela. Voy a poner las moscas en este sobre —añado, mostrándoselo.

—¿Y después? —pregunta Mabel.

—¿Qué más da? —dice John-John, metiendo el matamoscas y el sobre en su mochila de camuflaje—. Será divertido.

Mabel suspira, pero nos acompaña de todas maneras. Resulta que no tengo que esconder nada de Claudia porque, por primera vez, no me está espiando. Está sentada en un banco y no está sola. Está tejiendo con dos chicas de su club. Son alumnas de quinto grado de otra clase, así que probablemente no sepan lo alardosa y chismosa que es.

Mabel y yo seguimos a John-John al área de pícnic que hay al otro lado del patio de recreo. John-John mete la mano en el bolsillo y saca la pata de conejo morada.

—Primero, vamos a preparar la trampa —dice, después de tocar la pata de conejo para que nos dé buena suerte.

John-John deja caer unas gotas de jugo en la mesa.

—Ahora, esperemos —dice, y saca el matamoscas—. Se necesitan buenos reflejos para cazar moscas vivas.

Para demostrarlo, golpea la mesa a la velocidad de un rayo. Después me pasa el matamoscas.

—Ahora, pruébalo tú —me dice.

Golpeo un par de veces, lo más rápido que puedo.

—Bien hecho —dice John-John.

Después esperamos por las moscas… y seguimos esperando… y el jugo se seca y ponemos un poco más y volvemos a esperar. Las pelotas de baloncesto rebotan en la cancha. Las cuerdas de saltar chocan contra el pavimento. Los columpios chirrían y mecen a los chicos más y más alto. Nuestros compañeros de clase gritan, cantan y se ríen. Mientras tanto… ni una mosca. Estoy empezando a desesperarme, así que aprieto la estrella de mar. Mabel se sienta al borde de la mesa de pícnic. No mira la mancha de jugo, sino a los demás chicos que se divierten. Sé que preferiría estar con ellos, pero es una amiga fiel, aunque eso signifique estar completa y absolutamente aburrida.

—¡Se nos acaba el tiempo! —digo.

John-John asiente.

—De acuerdo —dice. Se bebe el resto del jugo y se le ocurre una nueva idea—. Si las moscas no se acercan a nosotros, tendremos que acercarnos a las moscas.

—¿Dónde vamos a encontrarlas? —pregunto.

—No veo ningún animal descompuesto —dice, mirando alrededor—, así que tendremos que buscar en los contenedores de basura que están detrás de la cafetería.

—¿Estás bromeando? —dice Mabel—. Eso está fuera del patio.

Sé que no tenemos permiso para salir del patio de recreo.

—Me hacen mucha falta esas moscas —digo, tratando de convencer a Mabel—. Además, volveremos antes de lo que imaginas.

Mabel no se mueve.

—Por favor —le ruego—. Tú eres mi mejor amiga y las mejores amigas se ayudan, pase lo que pase.

Mabel se queda pensativa.

—Está bien. Voy a ir, pero no te ayudaré a buscar moscas. Voy a ayudar a que no te metas en problemas. Eso significa que tienes que escucharme, ¿de acuerdo?

—Sí, lo prometo.

Chocamos los puños para sellar el trato. Después, Mabel, John-John y yo nos vamos hacia los contenedores de basura. Cuando llegamos al final del patio, miramos hacia atrás para ver si alguien nos está mirando. Por suerte, nadie nos hace caso, así que corremos como locos, deteniéndonos en las esquinas, saltando sobre los arbustos y obstáculos y agachándonos debajo de las ventanas para que no nos pesquen. Finalmente, llegamos al fondo de la cafetería y hacemos una pausa para tomar aliento. Divisamos dos contenedores de basura de color marrón que huelen a carne podrida y verduras estropeadas. Me dan ganas de vomitar pero, en lugar de hacer eso, aprieto la estrella de mar.

—A ver —dice John-John—, Mabel, tú vigila mientras Luna y yo vamos a cazar.

Mabel asiente e inspecciona el edificio. Mientras, John-John y yo nos acercamos a los contenedores. John-John tenía razón: hay cientos de moscas dando vueltas. Es como Disneylandia pero, en lugar de gente, el sitio está lleno de insectos emocionados.

John-John destapa el contenedor.

—Adelante —dice.

Enseguida me pongo a trabajar. Ni siquiera necesito tener buena puntería porque hay montones, no solo de moscas, sino también de cucarachas, abejas y hormigas. Doy golpes en la tapa del contenedor, en la pared de adelante, en las de los costados y hasta en el piso. ¡Plaf! ¡Plaf! ¡Plaf!

John-John tiene el sobre y va recogiendo los cuerpecillos. De vez en cuando limpiamos el matamoscas, deshaciéndonos de las moscas que están muy aplastadas.

—¡Apúrense! Viene la Sra. Carmona —dice Mabel. Suena nerviosa, pues estamos a punto de ser descubiertos.

Corremos, guiados por Mabel para no cruzarnos con la Sra. Carmona. De nuevo saltamos y nos agachamos y, cuando volvemos al patio, estamos sin aliento. Aunque nadie nos está contando chistes ni haciéndonos cosquillas, no podemos evitar reírnos sin parar.

Finalmente, logramos calmarnos.

—¿Cuántas conseguiste? —pregunta John-John.

Miramos dentro del sobre. Hay unas quince moscas.

—Misión cumplida —digo, levantando el pulgar.

—Qué estresante —dice Mabel—. Fue como si estuviéramos en una película. ¡Como un *thriller* de acción!

—Sí —respondo—, con moscas mutantes.

—¡Y zombis! —añade John-John.

La galleta

Una hora más tarde, tengo a Claudia parada detrás de mí en la fila del almuerzo y, cuando elijo una **galleta** de postre, me dice que debería elegir una ensalada de fruta.

—La fruta es más nutritiva. Las galletas tienen demasiada azúcar y cuando comes demasiada azúcar te puede dar diabetes o pueden salirte caries. No quieres que te hagan una pulpotomía, ¿verdad?

En lugar de responder, le doy un mordisco gigante a la galleta. Claudia niega con la cabeza y pone los ojos en blanco. Pagamos y mi prima sale en dirección a otro sitio que no es donde está mi mesa.

—¿Adónde vas? —le pregunto.

—A sentarme con mis nuevas amigas.

—¿No te vas a sentar más en mi mesa?

—Pensé que era eso lo que *querías*.

—Así es, pero...

No puedo terminar la frase. Si lo hago, sabrá que tramo algo.

—¿Pero qué? —pregunta.

—Nada —respondo.

Se marcha. Sus nuevas amigas parecen alegrarse de verla y tengo que entrecerrar los ojos para comprobar que estoy viendo bien. ¿Cómo hizo amigas tan rápido? En ese momento, Mabel me llama desde nuestra mesa y voy a sentarme junto a ella y a John-John. Están hablando del próximo concurso de talentos, pero no presto atención. El sobre con las moscas está en mi bolsillo y solo puedo pensar en el sabio consejo de mi abuela.

—Vuelvo enseguida —le digo a Mabel.

Corro a ponerme de nuevo en la fila del almuerzo y, mientras espero, saco a escondidas una mosca del sobre. Tengo un poco de dinero suelto, así que compro una ensalada de fruta y pongo dentro el insecto. Se hunde entre dos uvas. Después me acerco a la mesa de Claudia. Conversa con sus amigas, pero levanta la cabeza cuando me ve.

—Decidí seguir tu consejo y comer fruta —digo, enseñándole el vaso.

—Ya me darás las gracias en el futuro cuando no tengas los dientes podridos —dice, y vuelve a su conversación.

Pongo mi ensalada de fruta al lado de la suya.

—Mira, son exactamente iguales —digo.

Claudia asiente, sin mirar.

"Esto es demasiado fácil", pienso mientras cambio los vasos.

—Bueno, vuelvo a mi mesa —digo.

Claudia me hace un gesto con la mano, como si fuera *yo* la mosca molesta. La vigilo durante todo el almuerzo y, cuando volvemos a clase, le pregunto si le gustó la fruta.

—No la pude terminar, tenía una mosca muerta —dice, y se encoge de hombros.

No dice nada más. Ni siquiera amenaza con llamar al inspector de salud. Y, sobre todo, ¡no promete dejar de contar chismes! Por suerte, tengo más moscas en el sobre.

Durante la clase, Claudia se levanta para sacarle punta al lápiz. Yo también me levanto y dejo caer una mosca en su escritorio. Ella simplemente la echa al suelo con la mano. Después, Claudia se ofrece de voluntaria para recoger las hojas de ejercicios. Pongo una mosca sobre mi papel, pero resbala y cae al suelo antes de que ella pueda verla. Cuando Claudia va al baño, me acerco a la mesa del Sr. Cruz a preguntarle algo y dejo caer una mosca en la silla de mi prima, pero cuando ella vuelve simplemente la quita antes de sentarse. Durante la clase de arte, echo una mosca en el agua donde lava los pinceles, pero no parece molestarle. Solo bota el agua en el fregadero. Cada vez que ve una mosca, la sacude y sigue en lo suyo.

¿Qué le *pasa*? Si yo encontrara moscas en todas partes me preguntaría si se trata de algún tipo de mala suerte. Buscaría grietas en el cielo o agujeros en la tierra. Miraría el canal meteorológico para saber si hay alguna catástrofe natural. Y, desde luego, dejaría de contar chismes.

Tal vez está demasiado distraída para preocuparse por las moscas. Durante la mañana, algunos chicos notaron su nariz y dijeron "apesta" y "hiede" y se taparon la nariz. Pero no solo hablaban de ella. También los escuché decir "Cruella de Vil", el personaje de *101 dálmatas* que tiene el cabello mitad negro y mitad blanco. Me duele que se burlen de mi cabello, así que seguramente a Claudia también le duele que se burlen de su nariz.

Por fin suena el timbre de salida. Mabel se queda en la escuela para trabajar en el boletín y no toma el autobús. Eso es mala suerte. La *buena suerte* es que puedo estirar las piernas y apoyarme en la ventanilla porque tengo dos asientos del autobús para mí sola. Así puedo ver bien a Claudia, que está sentada tres filas más atrás, tejiendo su círculo deforme, que luce más grande ahora.

Con el sobre en el regazo, saco una mosca y se la tiro. Pero hay varios chicos en las filas entre nosotras y la mosca cae en el hombro de uno de ellos. Agarro otra mosca. No sé adónde va a parar, pero no le da a Claudia. Lo mismo pasa con la tercera y la cuarta. Estoy a punto de agarrar la quinta cuando...

—¿Qué haces? —dice Janie. Está de pie en el pasillo y su sombra me cubre—. ¿Qué tienes en el sobre?

—Nada —digo, cerrándolo.

—Déjame ver —dice, y antes de que pueda detenerla agarra el sobre y mira adentro—. ¡Qué asco! ¿Son insectos?

—No.

—¡Estabas tirando insectos!

—¡No es cierto!

Pero Janie decide anunciarlo.

—¡Oigan todos! Luna estaba lanzando insectos.

—¡Qué asco! —dice alguien.

—¡Eso sí que apesta! —añade otro chico.

Muchos se ríen.

—¡Cállense todos!

Es Claudia la que habla. No está de pie, pero parece más alta. Seguramente está arrodillada en su asiento.

—Dejen a mi prima en paz.

—Pero te estaba tirando insectos —dice Carly.

—¡No son insectos! —grito, tratando de defenderme—. ¡Son moscas!

—¿Moscas? —repite Claudia.

—Es lo mismo —dice Janie—. Carly tiene razón —agrega, dirigiéndose a Claudia—. Te las estaba lanzando a ti. Estaba *apuntando* hacia ti.

Claudia me mira con ojos que podrían ver los rincones más oscuros de mi alma.

—Ese es un problema de Luna y mío y de nadie más —dice.

Justo en ese momento, el autobús se detiene. No estamos en un semáforo, ni en una señal de pare, ni en un cruce de ferrocarril, ni en una parada oficial de la ruta.

—¡Cálmense! —grita el conductor—. ¡Todos! ¡Y no se paren en el pasillo!

Janie vuelve a su sitio al lado de Carly. Claudia se sienta y vuelve a tejer. Y yo me hundo en mi puesto, pero ni teniendo el espacio de dos asientos logro desaparecer.

Por suerte, el autobús llega a mi parada unos minutos después. En cuanto mi prima y yo entramos a casa, Claudia va directamente a hablar con mi mamá.

—Luna me estuvo lanzando moscas muertas todo el día. ¡Hasta las puso en mi comida!

—¡Eso no es cierto! —digo. Y, para demostrar que lo digo en serio, tiro la mochila al suelo.

—Tuve que pasar hambre —se queja Claudia—. No comí un solo bocado. Y todo el día sentí cosas repugnantes en la piel —sigue diciendo, y se frota los brazos y se estremece—. Además, Luna estropeó mi trabajo en la clase de arte poniendo moscas en mi pintura.

—¡No fue así! —digo—. Las puse en el *agua* de los pinceles.

—¿Ves? —dice Claudia, y me señala—. Lo admite. Y en el autobús me lanzó un montón de moscas. Los otros chicos también lo vieron. Y el chofer tuvo que parar en medio de la calle porque asustó a todos con los insectos. —Se vuelve a poner dramática—. ¡Fue humillante! ¡Odio las moscas! ¡Me dan más asco que las cucarachas!

—¿Qué? —digo, fuera de mí—. Las cucarachas son peores, sobre todo cuando las encuentras en tu cajón de ropa interior. Además, ni siquiera te fijaste en las moscas. Cada vez que viste una la sacudiste como si no pasara nada.

—¡Pues *sí* pasaba algo! —insiste—. Solo quería mantener la calma delante de los demás.

—No entiendo —me dice mi mamá—. ¿Por qué le tiraste moscas a tu prima?

—Abuela me dijo que lo hiciera. Es una tradición mexicana.

—Yo *nunca* he oído hablar de esa tradición —dice Claudia—. Y estoy absolutamente segura de que abuela no te dijo que me tiraras moscas.

—Pues no lo sabes todo. Y sí que me lo dijo. Pregúntale tú misma.

—Lo haré —dice Claudia. Y se marcha a ver a abuela, dando grandes zancadas y un portazo.

Mi mamá toma mi mochila y la deja caer en la mesa. Mete la mano y saca el matamoscas. Por un momento, pienso que me va a golpear con él, pero lo vuelve a colocar debajo del fregadero. Después mira fijamente por la ventana. Sé que está muy enfadada.

—No sé por dónde empezar, Luna Fortuna. Parece que todos los días te peleas con Claudia sin importarte las consecuencias. ¿Debo seguir castigándote? Ningún castigo parece funcionar —dice, y suspira hondo—. Creo que voy a dejar que tu papá decida cuando llegue a casa. Por ahora, ve a tu cuarto y piensa en todo esto.

Así que voy a mi cuarto y, cuando llega mi papá, entra, agarra la silla de mi escritorio y se sienta. Mi mamá ya le ha contado todo.

—¿Qué te dijo tu abuela exactamente? —me pregunta.

—Me dijo que, si quería que Claudia tuviera la boca cerrada y no hablara de mí, tenía que darle moscas.

—¿Esas fueron sus palabras exactas?

—No. No sé. Me lo dijo en español y yo no entiendo.

—Entonces, ¿qué te hizo pensar que dijo que le lanzaras moscas?

—Porque dijo "boca" y "moscas", y yo conozco *esas* palabras, así que me imaginé el resto.

—"¿En boca cerrada no entran moscas?" —pregunta mi papá, después de pensar un poco.

—¡Sí! Eso. ¿Ves? Hice justamente lo que me dijo abuela.

Mi papá se inclina hacia delante y pone los codos sobre las rodillas.

—Luna, abuela no te dijo que le dieras moscas a Claudia. Es un refrán.

No sé de qué habla. Supongo que lo nota en mi cara, porque me explica.

—Un refrán es un proverbio o un dicho. Abuela estaba hablando en sentido figurado. Quería decir que, si tienes la boca cerrada, no puedes contar chismes. Es un refrán, como "no pongas todos los huevos en la misma cesta". ¿Entiendes?

Asiento, a pesar de que una vez, en Pascuas, pedí una segunda cesta guiándome por esa expresión. Me sentí tan tonta cuando me di cuenta de que era una frase en sentido figurado. Pensé que ahora era más lista pero, por lo visto, volvió a sucederme lo mismo: lo tomé literalmente.

La noche

¡Esa **noche** hay más chismes! Me estoy probando diferentes sombreros frente al espejo, buscando uno que haga juego con mi estado de ánimo frustrado, confundido, enojado y avergonzado —demasiadas emociones para un solo sombrero—, cuando escucho la melodía de Skype. Es Marina de nuevo.

—¡Prima! —dice.

—Hola —respondo, no muy animada.

—Les conté a Celeste y a Estrella que Paloma te enseñó frases callejeras para meterte en problemas en la escuela —dice, hablando súper rápido—, y ellas están de acuerdo en que eso está *muy* mal y que va *completamente* en contra de nuestro código de primas, así que ahora también están enojadas con Paloma. Estrella le había prestado un forro de celular rosado con muchos brillos y se lo va a pedir de vuelta. Celeste va a romper su racha en Snapchat. Ya sabes lo mucho que le gusta

Snapchat a Paloma. Y yo dejaré de ser su amiga en todas las redes sociales y no voy a volver a agregarla hasta que te pida perdón públicamente, tal vez en su próximo concierto de mariachis. ¿Cómo te pudo haber dicho que "cama" significa "camello" en inglés? Eso está muy mal.

Estoy esperando a que respire para poder decirle que no estoy enojada con Paloma porque, en el fondo, todo es culpa de Claudia.

—También hablé con Kimberly —continúa Marina—, pero siempre se pone del lado de Paloma. *Siempre.* Y me dijo que Josie también va a ponerse de su lado. Cuando le dije que quedaste en ridículo por hablar mal en español, me dijo que era culpa tuya por no cerciorarte de lo que querían decir esas palabras antes de hacerte la bilingüe, así que *yo* le dije que las primas no deben mentirse unas a otras y que, si le preguntas a una prima de qué color es el cielo, más vale que diga que es "azul" a menos que sea de noche o esté nublado. Tú sabes lo que quiero decir, ¿verdad?

—Claro, pero…

—No te preocupes. Yo me aseguraré de que las demás primas sepan *realmente* lo que está pasando para que se ponga más gente de tu lado.

Y, diciendo eso, cuelga. Antes de que pueda respirar, mi computadora suena de nuevo. Son Celeste y Estrella. Son hermanas, así que están las dos en la pantalla.

Cuando contesto, Celeste comienza a hablar sin molestarse en saludar.

—¿Es cierto que Paloma te dijo que "cama" significa "cazuela" en inglés?

Estrella la interrumpe.

—Eso no fue lo que dijo, Celeste. Dijo que "cama" significaba "camuflaje".

—¿Seguro que no dijo "cazuela" o "carnada"?

—¡Camuflaje!

—¿O Camry, como el modelo de auto?

—Camuflaje. Presta atención.

Siguen un rato así. Ni siquiera sé por qué me llamaron si no me van a dejar hablar.

Finalmente, agito los brazos.

—¡Primas! ¡Estoy aquí! —digo.

—No te preocupes —me dice Celeste—. Esta guerra de primas no fue culpa tuya. Solo tratabas de aprender algo y, como Paloma es mayor que tú, se aprovechó. Pero yo no permito que nadie se aproveche de mi primita.

—Exactamente —añade Estrella, asintiendo, y a continuación cuelgan.

No puedo creer que todas estén enfadas entre sí. Mis primas me sacan de quicio, pero lo último que quiero es que nos peleemos. De tanto estrés que tengo, estoy a punto de arrancarme el cabello… Bueno, no *todo*, pero sí el mechón blanco.

En lugar de eso, aprieto la estrella de mar. La aprieto y la aprieto pero, en lugar de relajarme, me empieza a doler el brazo.

En eso entra Alex. Da unos pasos hacia la estantería donde están mis sombreros y me mira, porque sabe que es una zona prohibida para él. Pero hoy, como estoy tan preocupada por otras cosas, no me importa. Como no le digo nada, agarra mi sombrero vaquero blanco, el que me puse para la quinceañera de Mirasol. Se lo pone y se ríe porque le queda grande y le cubre la mitad de la cara.

—Toma —digo, agarrando una gorra de béisbol.

También es demasiado grande, pero tiene un velcro para ajustarla. Mi hermanito se ve adorable.

—Te quiero —le digo.

—Yo también —dice.

—¿Te quieres a ti mismo?

—Yo quiero a *tú* —dice. Me abraza fuerte y sale corriendo con la gorra puesta.

Eso. El amor de mi hermanito me hace darme cuenta de que debo repartir amor en vez de chismes. Vuelvo a mi computadora y llamo a Paloma por Skype. No contesta. Llamo de nuevo. Sigue sin contestar. Pruebo por tercera vez y responde Mirasol.

—No quiere hablar contigo —dice Mirasol. Paloma está parada detrás y me mira con furia—. Por tu culpa, la mitad de nuestras primas la están regañando por algo que no hizo.

—¡Yo *no* te dije que "cama" significa "pijama"! —grita Paloma desde atrás.

—Yo lo sé —le digo—. Ni siquiera sé de dónde salieron todas esas palabras.

Le cuento la historia acerca de cómo utilicé las expresiones que me enseñó en clase y cómo Claudia le contó a Marina que yo había hecho el ridículo y cómo Marina convirtió todo en una pelea tremenda cuando yo no quería pelear en absoluto.

—¿De verdad que no dijiste que yo te enseñé jerga callejera? —dice, todavía detrás de Mirasol.

—No exactamente.

Se cruza de brazos y vuelve a mirarme con furia.

—Me enojé un poco cuando me di cuenta de que me habías enseñado lenguaje callejero porque, si hubiera escrito eso en un examen, habría sacado F.

—Pero dijiste que querías aprender palabras que se usan todos los días. Solo quería enseñarte cómo habla la gente cuando *no* está haciendo un examen, en las conversaciones de *verdad*.

—En eso tiene razón —dice Mirasol.

No está mirando la cámara. Está hojeando una revista. No tiene mucho interés en lo que estamos diciendo, pero se queda allí como si fuera un perro guardián.

—Ya lo sé —le digo a Paloma—. Por eso no estoy enojada contigo. En realidad, estoy enojada con Claudia, pero eso ya no importa. Siento que se haya formado todo este lío, a pesar de que yo no lo haya empezado y a pesar de que no fui yo quien llamó a un montón de primas para pedirles que tomaran partido. ¿Me perdonas?

Suspira, pero descruza los brazos y se inclina sobre el hombro de Mirasol.

—Te perdono.

—Bien. ¿Ya son amigas? —pregunta Mirasol—. Porque estoy cansada de hacer de niñera.

—No estás haciendo de niñera —dice Paloma.

Mirasol agarra su revista y se levanta.

—Pues eso es lo que parece.

Me tira un beso y se va.

—Si alguna vez quieres aprender español de verdad, Luna —dice Paloma, agarrando la silla—, deberías unirte a los mariachis. El grupo está abierto para mayores de 10 años.

—Pero si no sé *hablar* español, ¿cómo voy a *cantarlo*?

—En realidad, es más fácil cantarlo. La mayor parte de los cantantes de ópera cantan en idiomas que ni conocen. La melodía te ayuda a recordar la letra. Por eso cantamos el abecedario en lugar de decirlo.

Nunca se me había ocurrido eso, pero tiene sentido.

—Piénsalo —dice Paloma—. Puedes apuntarte en la clase para principiantes. Eso fue lo que *yo* hice. Practican en el Centro de Arte y Educación Antonio García, en la calle Agnes.

—No sé —digo—. Tal vez.

—La semana que viene damos un concierto. Deberías venir para que te presente a los demás. Son muy simpáticos. Deberíamos invitar a las otras primas para que volvamos a ser todas amigas. Bueno... quizás a Claudia no. Mirasol está enojada porque Claudia se enteró de que había manejado el auto de su amiga. Desde que cumplió quince, mi hermana piensa que puede hacer todo lo que quiera, incluso manejar. No sé cómo lo supo Claudia, pero se enteró y se fue de lengua y ahora Mirasol está castigada.

Hablamos un poco más antes de colgar. Después llamo a Marina y a Estrella y a Celeste. Les digo que Paloma y yo hemos hecho las paces y que todo fue un malentendido; que ella no quería ponerme en ridículo y que lo *cierto* es que me enseñó el significado correcto de la palabra "cama".

Mis primas dicen que, si yo perdono a Paloma, ellas también la perdonan. Marina no va dejar de ser amiga suya en las redes sociales, Celeste no romperá su racha en Snapchat y Estrella no le pedirá el forro del celular.

Así que todas las primas Ramos vuelven a ser amigas. Bueno, *casi* todas, puesto que algunas seguimos enojadas con Claudia.

Hablar

Cuando veo a Claudia a la mañana siguiente, está sentada a la mesa, pero en lugar de comer está tejiendo. Y ninguna de las dos tiene ganas de **hablar**. Seguramente mi prima sigue brava por lo de las moscas y yo estoy *muy* enojada por los chismes.

Mi mamá se da cuenta y trata de entablar una conversación.

—¿Qué estás tejiendo, Claudia?

—Es una sorpresa —responde Claudia, mirándome, y le muestra a mi mamá lo que ha tejido—. Tuve que volver a empezar porque quiero que quede perfecto.

En efecto, ya no es una cosa deforme. Ahora es un círculo. Tiene el tamaño de un posavasos.

—Deberías apuntarte en el club de tejido de punto con Claudia —me dice mi mamá—. Necesitas alguna actividad extracurricular y así podrás pasar más tiempo con tu prima.

Lo último que necesito es pasar más tiempo con Claudia.

—Me apunté en el club de jardineros comunitarios —digo, y saco de mi mochila la lista de materiales que necesito—. Y Paloma me está embullando para que me una al grupo de mariachis. Me invitó a una de sus actuaciones para que pueda conocer a los demás.

Miro a Claudia de reojo y ella me mira a mí, pero enseguida cambia la vista. Me doy cuenta de que está celosa porque Paloma me invitó a mí y no a ella, pero no dice nada. Sigue tejiendo.

Mientras caminamos hacia la parada, Claudia y yo no decimos ni una palabra, y cuando subimos al autobús seguimos sin hablar. Ojalá los demás se mantuvieran callados también, pero no. Me llaman Cruella de Vil y algunos chicos se tapan la nariz.

Me siento junto a Mabel.

—Me estoy cansando de esto —le digo—. Todavía se ríen de la nariz de Claudia y de mi cabello. Faltan dos semanas y media para que pueda volver a ponerme un sombrero. Ojalá no hubiera encerrado a mi prima en el baño. ¿Por qué me dejaste?

—Te dije que no lo hicieras —dice mi amiga, suspirando—. Pero insististe.

Miro hacia atrás. Claudia tampoco parece contenta. Estoy segura de que también está cansada de las burlas.

En lugar de esconderse detrás de un libro, se esconde tras el tejido. Sus agujas hacen "clic, clic" mientras teje el círculo verde.

—¿No se aburrirán? —digo, refiriéndome a los chicos que se burlan—. ¿No tendrán algo mejor de qué hablar?

—¿Y por qué no hablamos *nosotras* de otra cosa? —me sugiere Mabel.

—¿Quieres decir que deberíamos ignorarlos?

—Sí. A veces cuando quiero olvidarme de algo, me pongo a soñar despierta. Pienso en algo lindo, como un paseo por la playa a caballo —dice, y cierra los ojos—. Vamos galopando y sus cascos remueven la arena. Lo único que se oye es el viento.

Mabel sonríe y se pierde en sus sueños. Chasqueo los dedos varias veces.

—Mensaje desde la Tierra para Mabel: Regresa a la realidad.

—Ahora inténtalo tú —dice cuando abre los ojos—. Olvídate de esos chicos. Mira a ver si te puedes relajar imaginando que estás paseando a caballo por la playa.

Es una idea un poco tonta, pero decido probar. ¿Quién sabe? Tal vez soñar despierta es mejor que tomar tanta agua y apretar estrellas de mar.

Cierro los ojos. Estoy en Isla Padre, temprano en la mañana, antes de que llegue la gente. Estoy montando a caballo. Es un caballo marrón con la crin negra y huele como los perros que llevan mucho tiempo sin bañarse. Llevo botas y un sombrero vaquero porque estamos en Texas y eso es lo que te pones cuando montas a caballo. Digo: "¡Arre, caballo!". El caballo da unos pasos. Digo otra vez: "¡Arre, caballo!", esta vez más fuerte. El caballo se apura. Vamos cada vez más de prisa y Mabel tiene razón, puedo sentir el viento en la cara. En lugar de burlas, escucho olas. Soy fuerte, libre y feliz, pero entonces el viento me vuela el sombrero vaquero y las gaviotas comienzan a perseguirme, como si quisieran darme picotazos.

Las gaviotas dicen "gra, gra, gra", pero yo solo escucho "ja, ja, ja", como si se rieran... ¡de mi cabello!

Abro los ojos.

—¿Ves? —dice Mabel—. ¿No te sientes mejor?

Asiento, pero aprieto la estrella de mar. Cuando llego a la escuela, voy corriendo al bebedero y me tomo el equivalente a dos botellas de agua. No me importa si tengo que ir al baño muchas veces.

Y a Claudia no le importa estar siempre tejiendo. Antes de que empiecen las clases, se sienta en su pupitre y sus agujas hacen "clic, clic, clic". Durante el recreo también teje, y después de almorzar. Cuando salimos de la escuela, sigue tejiendo en el autobús de regreso a casa. Cada vez que los demás se tapan la nariz o dicen que apesta o se inventan alguna rima tonta, Claudia les echa una mirada fulminante y comienza a tejer. Sé que se está agotando cuando descansa las manos, pero luego abre y cierra los puños como para estirar los dedos y sigue tejiendo. No sé qué está tejiendo, pero poco a poco el círculo verde va creciendo. Pronto alcanza el tamaño de un plato pequeño.

Han pasado dos días y mi prima no ha dejado de tejer ni un instante.

—¿Por qué Claudia teje cuando los demás se ríen de su nariz? —le pregunto a mi papá.

—¿Por qué se ríen de su nariz? —pregunta.

—Porque es grande.

—¿Sí?

—Papá, ¡es *enorme*!

—Hum. Nunca me he fijado. Pero ya sabes cómo soy, no me daría cuenta ni de que un carrusel está dando vueltas en nuestro jardín —dice, y se ríe.

—Entonces, ¿por qué teje Claudia todo el tiempo?

—Probablemente sea un mecanismo de defensa.

—¿Mecanismo de defensa? ¿Eso qué es?

—Es algo que haces cuando te sientes estresado. Es algo que te ayuda a relajarte, como dar un paseo largo o acariciar a un perro.

—Los perros ladran mucho —digo—. Debe ser más relajante acariciar a un conejo.

—Tal vez —responde—. Todos tenemos formas diferentes de manejar el estrés. Por ejemplo, a tu mamá le gusta ir de compras con sus hermanas y a mí me gusta ver episodios viejos de *Star Trek*.

Asiento porque ahora los consejos de mi abuela y de mi mamá tienen sentido. Me estaban enseñando mecanismos de defensa cuando me dijeron que tomara agua o que apretara una estrella de mar de esponja. Cuando Mabel sueña despierta, también es un mecanismo de defensa. Supongo que yo podría probar a hacer compras, ver programas viejos de televisión, tejer o cualquier otra cosa que me haga olvidar mis problemas, y si espero otras dos semanas y media podré volver a llevar sombreros y quizás entonces mis problemas finalmente desaparezcan.

El desayuno

Es viernes por la mañana y Claudia ha venido a desayunar.

—¿Hiciste las tareas? —me pregunta, con la boca llena de galletas.

—Sí, aunque no es asunto tuyo.

—¿Todas?

Mira a mi mamá al hacer la última pregunta. Odio mentir, pero también odio admitir que no hice todas mis tareas porque, después de comer, jugar con Alex y sus LEGO, ver videos de *Funny Bunny* en YouTube y recortar fotos de revistas viejas, no me quedó tiempo.

—¿Los problemas de matemáticas *y* el vocabulario? —añade Claudia, al ver que no he respondido.

—Luna Fortuna —dice mi mamá—, ¿hiciste los problemas de matemáticas? Yo no te vi hacer matemáticas.

—No, pero copié el vocabulario tres veces. Tardé una eternidad, así que no tuve tiempo de hacer nada más.

La cosa debería acabar allí, pero Claudia insiste en meterme en problemas.

—¿Y has practicado español? No querrás sacar otra F, ¿verdad?

—No teníamos tarea de español —respondo.

—Tal vez tus papás te puedan repasar —sugiere—. Así podrás aprender más palabras con el significado correcto. —Se vuelve hacia mi mamá—. ¿Sabías que Luna pensaba que "cama" significaba "canal"?

Mi mamá levanta una ceja como para confirmar lo que Claudia acaba de decir.

—Yo sé que "cama" es donde se duerme —digo.

Mi mamá suspira con alivio.

—Así me gusta, *mija*, pero tal vez podamos practicar un poco de español este fin de semana. Yo también tengo que mejorar. Quizás tu papá nos pueda ayudar a las dos —dice.

Claudia sonríe. Sé que está contenta porque ahora tengo que estudiar español el fin de semana.

—Tú no eres mi profesora —le digo mientras esperamos el autobús—. Deja de inventar más tareas.

—Solo quiero ayudarte.

—No me ayudas. Me estresas. Tengo un montón de tareas en la escuela y de responsabilidades en la casa. Anoche tuve que estudiar ortografía, matemáticas y lectura —digo y, como no parece una lista muy larga, decido añadir algunas tareas más—. También tuve que fregar los platos, doblar las toallas, sacudir los muebles de la sala y bañar a Alex. No tengo tiempo para más cosas. Estoy agotada. Me caigo del cansancio.

Bostezo para darle un toque más dramático al asunto. En realidad, no hice todas esas cosas, pero no es una mentira porque seguramente las tendré que hacer durante el fin de semana.

—Ese bostezo es falso.

—No lo es.

—Sí lo es, Luna. Sé la diferencia entre un bostezo falso y uno de verdad.

La miro fijamente. Si lo que quiere es sacarme de quicio, yo también la sacaré de quicio.

—Crees que lo sabes todo —digo—, pero yo también sé algunas cosas, como por qué nuestras primas a veces te ignoran.

—Eso no es cierto. A *mí* me incluyeron en la quinceañera, ¿no te acuerdas?

—Porque eres un mes mayor que yo y Mirasol no quería mostrar favoritismos.

—Tú no eres su favorita.

—¿Cuántas veces te ha pintado a *ti* las uñas?

Se mira las uñas. No están pintadas, ni siquiera con esmalte transparente.

—Admítelo —digo—. Cuando hablas con nuestras primas, es porque *tú* las llamas, no porque *ellas* te llaman a *ti*.

Pone una expresión de dolor y no me dice nada, probablemente por primera vez en su vida. Eso significa que he puesto el dedo en la llaga. Era mi intención pero, en lugar de sentirme contenta por haberme vengado, me siento fatal. Pensé que mi comentario sería como una palmadita fuerte, no como un golpe rompecostillas. Claudia sigue callada, lo cual me recuerda mi silencio cuando los demás me llaman vieja por culpa de mi cabello.

Subimos al autobús y me siento al lado de Mabel. Miro hacia atrás para asegurarme de que Claudia no esté llorando porque nuestras primas la ignoran. No solo no está llorando, sino que no está en su asiento regular. Está detrás de Janie y Carly, ¡mis enemigas mortales! Yo pensé que también eran sus enemigas mortales, pero parece que no. Se están riendo. No puedo escuchar lo que dicen, pero es probable que se estén riendo de mí.

No puedo creer que me sentí mal por ella y que casi le pido perdón. Será mi prima, pero *no* es mi amiga.

Mabel es mi amiga. Es la mejor amiga del mundo entero. En cuanto llegamos a la escuela, me toma de la mano y me apura para entrar al edificio.

—¿Adónde me llevas?

—Al pizarrón de los anuncios.

Al llegar, me doy cuenta de por qué está tan emocionada. El boletín de Woodlawn ya está disponible. Mabel comprueba que la edición que está colgada en el mural es la más reciente y me enseña su nombre entre los reporteros. En lugar de leerlo en el pasillo, nos apuramos para llegar a clase.

—A ver si el Sr. Cruz tiene copias —dice Mabel. Pero no es necesario preguntarle porque las está repartiendo a la entrada del salón.

Vamos a nuestros puestos y comenzamos a leer. Hay una columna de "Consejos para estudiar", donde recomiendan leer en voz alta; la columna "Fama", que habla de Dylan Moore, el chico que ganó el concurso de ortografía; el "Rincón de los clubes", con noticias sobre los diferentes clubes; y una sección llamada "Márcalo en tu calendario", donde anuncian la próxima Noche de Familias y el Concurso de Talentos de Woodlawn. Pero a Mabel no le interesa nada de eso. Quiere que yo lea "Lo más destacado", donde aparece una foto de Claudia y el texto que escribió Mabel.

La Escuela Elemental Woodland le da la bienvenida a la alumna de quinto grado Claudia Salazar. Cursó de primero a cuarto grado en el colegio católico Sagrado Corazón, pero decidió cambiarse a nuestra escuela atraída por nuestras maravillosas actividades extraescolares. Se ha unido al club de tejido de punto y quisiera unirse a varios clubes más en el transcurso del próximo mes. Entre sus aficiones están tocar el ukelele y leer. Su color favorito es el azul. Claudia es una chica muy simpática y nos sentimos afortunados de tenerla en nuestra escuela.

¿Desde cuándo el azul es el color favorito de Claudia? Si le gusta tanto, ¿por qué está tejiendo algo verde? Ese es *mi* color favorito, pero a mí me gusta el verde de las plumas del papagayo, no el del queso mohoso. Además, Mabel no escribió nada acerca de lo presumida que es Claudia ni de cómo le gusta irse de lengua. Tampoco dijo nada de cómo intenta ser la favorita del maestro ayudándolo a repartir las hojas de ejercicios, ni de lo mandona que es cuando le dice a todo el mundo lo que debe o no debe comer para el almuerzo. Y no dice absolutamente nada de la nariz grande de Claudia. Ni siquiera se le nota en la foto. Probablemente la hayan retocado para que parezca normal.

—¿Y qué? —pregunta Mabel—. ¿Qué te parece? ¿Te gusta?

Solo hay una respuesta correcta porque Mabel es mi mejor amiga.

—Está muy bien —digo.

No es lo que *pienso*, pero lo *digo* porque mentir para hacer feliz a alguien a veces es mejor que decir la verdad.

Nick, un chico de nuestra clase, se acerca a nosotras.

—¡Muy bueno el boletín, Mabel! —dice. Luego me mira y sonríe—. Tengo una idea. Deberías añadir una columna que se llame "Circo de monstruos", sobre la gente rara de nuestra escuela. —No dice más nada, pero inclina la cabeza hacia mí.

No puedo más. Estoy harta. Ya no siento vergüenza. ¡Estoy furiosa! Mi enojo habla, o más bien grita.

—¡Deja de hacer bromas de mi cabello!

Todos se quedan petrificados y me miran. Me he destacado de la peor manera.

Corro hacia la puerta. Al pasar cerca de Claudia, me sujeta por el hombro y me pregunta si estoy bien. No le hago caso. Casi choco con John-John, que está entrando en ese momento.

—¿Adónde vas? —me pregunta, pero no le contesto.

Atravieso el pasillo y entro al baño. Hay algunas chicas dentro, pero las ignoro y busco un cubículo vacío donde esconderme.

Sé que tendré que regresar a la clase, pero de momento el cubículo del baño parece el lugar más seguro porque lo único que la gente puede ver son mis pies, que no son ni demasiado grandes ni demasiado pequeños y tienen diez dedos exactamente, ni uno más. Y aunque mis pies tuvieran dedos de más, nadie lo notaría porque llevo zapatillas deportivas como los demás. Mis pies no se mencionarían en el "Circo de monstruos" del boletín porque son los pies más normales del mundo. Ojalá tuviera el cabello normal también.

El fin de semana

Durante **el fin de semana**, le pregunto a mi mamá en tres ocasiones si ya puedo volver a usar sombreros y las tres veces me dice que no. Me esperan dos semanas más de tortura. Cuando le digo que los demás se burlan de mí, me recuerda que tengo un cabello muy lindo y que no debería esconderlo. Para ella es fácil decirlo porque tiene el cabello castaño sin un solo mechón blanco, y si *tuviera* alguno nadie se burlaría porque ya es vieja.

El domingo, mi papá y yo vemos un episodio viejo de *Star Trek: la nueva generación*. Escogemos uno en el que la tripulación juega una partida de póker en la mañana y luego la nave explota y todos mueren. Estos eventos se repiten una y otra vez, pero nadie se da cuenta, salvo el doctor Crusher, que empieza a descubrir pistas. Poco a poco, consiguen resolver el misterio. Resulta que están en un bucle de tiempo.

Yo también siento que estoy en un bucle de tiempo porque otra vez vuelve a ser lunes. Claudia está de nuevo en la cocina y se está comiendo la única banana que no tiene puntitos negros. Sigue tejiendo y, cuando subimos al autobús, los chicos comienzan a taparse la nariz.

Pero aquí cambian las cosas porque, en lugar de esconderse en su asiento, Claudia se para en medio del pasillo con las manos en las caderas.

—Estoy harta de verlos taparse la nariz cuando subimos al autobús. ¡Maduren de una vez, chicos! —dice, y los orificios de su nariz gigante se ensanchan mientras resopla como el lobo feroz.

Los chicos más pequeños se asustan. Dejan de taparse la nariz y se esconden en sus asientos.

Claudia *sigue* pareciéndose al lobo feroz cuando llegamos al salón de clase. El Sr. Cruz se da cuenta.

—¿Todo bien, Claudia? —le pregunta.

—No —responde mi prima—, pero ya me estoy encargando de resolverlo.

—Hum —murmura el Sr. Cruz—. Espero que no haya problemas en esta clase pero, si hubiera alguno, por favor, vengan a hablar conmigo —dice, dirigiéndose a la clase.

Nos da un minuto para pensarlo y luego nos pide que nos preparemos para los miniconcursos de ortografía. Los miniconcursos consisten en deletrear palabras con nuestros amigos. Yo siempre practico con Mabel y John-John.

—Parece que Claudia finalmente se cansó de que se burlaran de su nariz —les digo entre una palabra y otra.

Mabel y John-John se miran.

—Tal vez no estuvieran hablando de su nariz —dice Mabel.

—¿Qué quieres decir? —pregunto—. ¿Por qué dirían que hay peste?

—Podría haber muchas razones —responde.

—¿Sí? ¿Como vomitar gusanos y sándwiches de queso? —digo, mirando a John-John.

Mabel y John-John se miran de nuevo, pero no dicen nada. Después, seguimos deletreando.

Durante el recreo, Mabel y yo nos sentamos en un banco a la sombra de un árbol. En lugar de sentarse con sus nuevas amigas, Claudia se dirige al centro del patio.

—¡Escuchen todos! —anuncia.

Y la escuchan *de verdad*, porque su voz suena como si tuviera un megáfono. Tiene un brazo levantado y en él sujeta una aguja de tejer como si fuera una pequeña espada.

—Nadie es perfecto —continúa—. Todos tenemos algo que nos hace diferentes, pero eso no significa que seamos raros. Simplemente, significa que somos únicos, lo que me parece genial. Debemos aceptar a las personas como son y no por cómo lucen.

Algunos chicos bajan la vista porque saben que han sido maleducados, pero otros levantan el pulgar en señal de aprobación, como Harold, que tiene las cejas muy tupidas, y Lucy, que siempre tiene los labios agrietados. En mi escuela también se burlan de ellos. Se burlan de mucha gente. A veces estoy tan concentrada en mis problemas que se me olvida que hay otros chicos en mi misma situación.

Después de su corto discurso, Claudia viene hacia nosotras y se sienta también debajo del árbol.

—Aquí hay buena sombra, así que no me digas que me vaya —me dice.

Entonces se pone a tejer. Todavía no sé qué está tejiendo. Parece un bol, pero no puede ser para cereales porque la leche se saldría.

Cuando volvemos a clase, Claudia se cambia de asiento.

—Cambia conmigo. Solo por hoy —le dice a John-John.

John-John rezonga, pero se cambia.

—Deja de espiarme —le susurro a Claudia.

—No te estoy espiando —me responde.

No le creo, así que cuando nos dan una hoja de ejercicios me inclino para impedir que la vea. Escribo con letra minúscula para que no pueda leer mis respuestas. Pero encorvarme no es buena idea porque hace que me duelan el cuello, los hombros y la cabeza, de leer tan cerca.

He olvidado la estrella de mar, así que pruebo con el mecanismo de defensa de Mabel y me pongo a soñar despierta con un caballo. Pero, en lugar de estar en una playa soleada, me ha agarrado una tormenta y los fuertes vientos me llenan la boca y los ojos de arena. No puedo ver ni respirar. El mecanismo de defensa de Mabel está empeorando las cosas en lugar de mejorarlas. Ojalá tuviera un conejo. Un conejo me calmaría mucho más que un caballo.

Después llega la hora del almuerzo. Claudia no va con sus amigas nuevas y se sienta en mi mesa.

—Deja de seguirme —le digo—. No me *espíes*.

—Eso no es lo que estoy haciendo. Estoy aquí para protegerte. Créeme, nadie va a decir que apestas mientras yo esté cerca.

"¿Escuché bien?", me pregunto. Niego con la cabeza para aclarar las ideas y miro a Mabel.

—¿La gente está diciendo que yo apesto? —le pregunto.

Mabel se encoge de hombros.

—Pero tengo una nariz normal —añado.

Mabel baja la cabeza. Veo que no quiere contestar.

—No se están riendo de tu nariz, Luna —dice al poco rato—. Se están riendo de tu cabello.

—¡Claro que se están riendo de mi cabello! Llevo toda la semana escuchando que soy una vieja. Pero eso no significa que huelo mal.

Mabel respira hondo.

—Están diciendo que pareces una mofeta —dice, como si se estuviera tragando la medicina más amarga del mundo.

Niego otra vez con la cabeza. O sea, que no solo soy una vieja prematura sino que, además, parezco un mamífero apestoso.

—¿Por qué no me lo dijiste? —le pregunto.

—¿Cómo podías *no* saberlo? —me responde Claudia.

—Ahora parece obvio —digo—, pero de verdad no lo sabía. Cuando decían "mofeta" o veía que los chicos se tapaban la nariz, pensaba que era porque John-John había vomitado o porque se reían de *ti*.

—¿De *mí*? —dice Claudia, sorprendida—. ¿Por qué iban a reírse de mí?

—Por tu nariz gigante.

—*Yo no* tengo la nariz gigante.

—No la tiene —asiente Mabel—. Llevo rato diciéndotelo. La nariz de Claudia es normal.

—De hecho —dice Claudia—, si mi nariz es grande, la tuya también lo es porque, aunque nuestro cabello es diferente y nuestros ojos son diferentes y nuestros labios son diferentes, nuestras narices son exactamente iguales.

Para demostrarlo, mete la mano en el bolso y saca un pequeño espejo. Miro mi nariz y luego la suya y otra vez la mía. No lo puedo creer. ¡Nuestras narices son exactamente iguales! Claudia y Mabel tienen razón. ¿Por qué no lo noté antes?

—Bien, tenemos la misma nariz —admito, devolviéndole el espejo—. En lugar de la misma nariz, ojalá tuviera tu mismo cabello para no tener este lunar de nacimiento.

—No siempre podemos tener todo lo que deseamos —responde Claudia—. Y ahora, deja de hacer a un lado las zanahorias. Debes comerte todas las verduras. Si no, se lo diré a tu mamá.

—A mí me gusta tu mechón blanco —dice Mabel, jalándome la manga—. Te hace única, como dijo Claudia en el recreo. Mira, yo también tengo un lunar de nacimiento.

Mabel se baja la media y me enseña una mancha marrón en el tobillo. Me alegro de que me haya recordado que tiene un lunar de nacimiento, pero una mancha escondida debajo de la media no es lo mismo que un mechón de cabello blanco. A veces, ser único es bueno, como cuando eres el corredor más rápido, el mejor bailarín o la única persona en la clase que sabe hacer helado casero. Pero mi cualidad de única no es de ese tipo.

Después de clases, Mabel y yo subimos al autobús. Claudia también.

—¿Hoy no es tu club de tejido de punto? —pregunto.

—No voy a ir —dice y, en lugar de sentarse tres filas detrás de nosotras, se sienta en la fila de enfrente.

—Es solo por hoy —dice, como cuando le pidió a John-John que cambiara con ella—. En realidad, no *quiero* sentarme aquí.

Mira hacia delante y se pone a tejer. Escucho el "clic, clic" de las agujas. Por primera vez desde que encerré a Claudia en el baño y me castigaron, nadie se tapa la nariz ni hace chistes sobre viejas. Estoy segura de que quieren hacerlos, pero le tienen miedo a mi prima.

Cuando estamos a punto de llegar a la parada de Mabel, Claudia se da vuelta y me da la cosa verde que ha estado tejiendo.

—Por fin —dice—. La respuesta a todos tus problemas.

La respuesta

La respuesta de Claudia no tiene sentido. ¿Cómo puede ser una cosa verde la **respuesta** a mis problemas cuando ni siquiera sé lo que es?

—¿No te gusta? —pregunta Claudia—. ¿El verde no es tu color favorito?

—Sí —digo, aunque a mí me gusta el verde de la Rana René, no el de los mocos.

—Entonces, ¿qué te pasa? ¡Llevo toda la semana tejiendo veinticuatro horas al día! Tuve que empezar de nuevo tres veces para que saliera perfecto. Hasta me salió una ampolla. —Me enseña un dedo y, efectivamente, tiene una ampolla.

Como hizo algo amable, trato de ser educada.

—Gracias, Claudia. Seguro que este bol me vendrá bien cuando coma Cheetos.

—No es un bol —se ríe Mabel, y me lo pone en la cabeza—. Es un gorro.

Ya hemos llegado a su parada, así que recoge sus cosas. Antes de bajar, se vuelve hacia Claudia.

—¿Me enseñarás a tejer? —le pregunta—. Yo también quiero hacer gorros.

—Claro que sí —dice Claudia—. Es divertido.

Mabel le da las gracias y se baja del autobús. Yo miro mi reflejo en la ventanilla y trato de esconder el mechón blanco debajo del gorro. Me queda perfecto. Toco la lana suave y sonrío. Quiero alegrarme, pero desconfío.

—Pensé que yo no te caía bien —le digo a Claudia—. No estarás tratando de meterme en problemas dándome un gorro cuando sabes que me han prohibido usar uno, ¿verdad?

—No. Ese podría ser nuestro secreto. Prometo no decir nada.

—¿De verdad? ¿Por qué estás siendo amable? ¿Por qué le pediste a todos hoy que me dejaran en paz?

Tarda un momento en contestar.

—Al principio, no me importaba que la gente se riera de ti porque todavía estaba enojada contigo por haberme encerrado en el baño. En mi opinión, te lo merecías. Pero, como no paraban, empezaron a molestarme. Yo no hacía más que preguntarme: "¿Esa gente no tendrá nada mejor de qué hablar?". ¿Cuántas veces iban a repetir las mismas burlas acerca de tu cabello? Al segundo día, ya no tenían gracia. —Niega con la cabeza, incrédula—. Cuando saliste corriendo de la clase, me cansé. No me enojé *contigo*, sino *por* ti. Es como dice la frase, "la sangre es más espesa que el agua".

"¡Un momento!", pienso. "¡Eso fue lo que me dijo abuela!".

—Abuela me dijo lo mismo. ¿Es un refrán?

Claudia hace una pausa antes de contestar.

—Es un proverbio inglés, no sé si lo tradujeron bien al español. En la quinceañera, yo me estaba quejando de tener que ir a tu escuela. Sabía que me ibas a causar todo tipo de problemas.

Recuerdo que aquel día vi que Claudia hablaba con su mamá y con mi abuela y me miraban. Pensé que era paranoia mía, que en *realidad* estaban mirando a otra persona, pero parece que sí, que estaban hablando de *mí*.

—¿Entonces abuela te dijo que bebieras agua como mecanismo de defensa?

Claudia me mira, confundida.

—No. ¿Por qué diría eso?

—¿No es eso lo que significa "la sangre, bla, bla, bla, agua"?

Se ríe y yo me siento la persona más tonta del mundo.

—¿Así que es por *eso* que has estado bebiendo tanta agua? Qué cómico. Deja que se lo cuente a nuestras primas y a tu mamá para que se dé cuenta de por qué necesitas aprender español.

Quiero gritar, pero me aguanto.

—¿Por qué eres tan chismosa? —le pregunto.

—*No* soy chismosa —dice Claudia, ofendida—. Solo *informo*.

El autobús llega a nuestra parada y Claudia y yo nos bajamos. Pero, en lugar de ir a casa, nos quedamos en la esquina y seguimos discutiendo.

—Pues eso que tú llamas "informar" me causa problemas —digo, con sarcasmo—. Y a nuestras primas también. ¿Recuerdas cuando te dije que no les gusta estar contigo?

Claudia se cruza de brazos. Un día será una excelente custodio de prisiones.

—No quería ser mala —digo—. Bueno... *sí*... Pero también dije la verdad. No podemos hacer ni decir nada sin que tú se lo cuentes a nuestros papás y nos metas en problemas. ¿A quién le gusta estar siempre en problemas? Por eso, es mejor dejarte fuera.

De pronto, Claudia ya no parece un custodio de prisiones. Parece una niña de quinto grado con los sentimientos heridos.

—Yo no quiero meter a nadie en problemas —dice—. Solo quiero ayudar.

—¿Y cómo nos ayuda que te vayas de lengua?

—Porque… —se detiene—. Le cuento a tu mamá las notas que sacas para que puedas mejorar en la escuela, y le cuento cuando no comes bien para que te alimentes mejor.

—¿Y cuando Mirasol manejó el auto de su amiga? También te fuiste de lengua con eso.

—Todavía no tiene licencia de manejar. Le podrían poner una multa o, peor, ¡podría tener un accidente!

—¿Y cuando Celeste besó a su novio en el estacionamiento durante la quinceañera?

—No debería estar besando a nadie en público. ¡Podría arruinar su reputación!

—¡Eso es muy anticuado! —digo.

Le sigo poniendo ejemplos y para cada uno tiene una explicación. De verdad cree que lo hace por nuestro bien y, de pronto, comienzo a creerlo yo también. Cuando Claudia se va de lengua, no está siendo mala. Pensé que nos quería meter en problemas pero, desde su punto de vista, nos está ayudando.

—No sabía que lo hacías por esas razones —digo, poniéndole una mano en el hombro—. No sabía que era simplemente porque querías que comiera saludable, sacara buenas notas y fuera bilingüe. —Hago una pausa porque no puedo creer lo que estoy a punto de decir—. Gracias, prima. Gracias por cuidarme.

Y entonces, me doy cuenta de otra cosa: Claudia nunca ha hecho bromas acerca de mi cabello ni se ha reído de mí, y hoy se enfrentó a todos los que se burlaban. Me estaba ayudando, así que ahora me toca a *mí* ayudarla a *ella*.

—No creo que nuestras primas entiendan por qué informas a nuestros papás —digo—. Ellas prefieren acentuar lo negativo y eliminar lo positivo. No sé si me entiendes.

—Sí, te entiendo —dice, asintiendo—. Son muy testarudas.

—Exactamente.

Claudia se queda pensando.

—No puedo dejar de informar cosas importantes, como que manejen sin licencia, porque podrían resultar heridas. No me lo perdonaría. Pero sí podría dejar de contar las cosas pequeñas, aunque se metan en problemas, tal vez no con sus papás, pero sí en otros sentidos —dice.

—Al menos, no te echarán la culpa.

—Eso es verdad.

Entonces, decido arriesgarme. Tendré que ayudar a Claudia a espaldas de Paloma, pero es por una buena causa. Además, le debo mucho a Claudia porque me defendió y me hizo un gorro. Tal vez sea de un verde feo, pero al menos es suave.

—¿Por qué no vienes al concierto del grupo de maria- chis de Paloma? —le pregunto—. Es este jueves. Puedes venir conmigo y nos sentamos juntas. Tal vez puedas traducir las canciones y, si comienzas a irte de lengua con algo, te hago una señal, por ejemplo, me toco la oreja. Así te das cuenta y no metes la pata. Cuando nuestras primas vean que ya no te vas de lengua con sus papás, comenzarán a llamarte y a invitarte a salir.

—¿De verdad quieres que vaya? —dice—. ¿Aunque Paloma no me haya invitado?

—Claro —digo—. No te va a decir que te vayas una vez que estés allí. Seguro que se alegrará de verte, sobre todo si aplaudes y das algunos gritos.

Claudia sonríe.

—Supongo que lo que dijeron mi mamá y abuela a- cerca de la sangre y el agua es verdad —dice.

—Hum, eso... —digo, rascándome la cabeza—. To- davía no sé qué significa.

—Bueno, no se trata de beber agua —dice Claudia, riendo, pero después se pone seria—. Significa que la familia es lo más importante. Mi mamá me lo dijo en inglés. Abuela le pidió que se lo tradujera porque no entiende mucho inglés.

Lo repito varias veces, tratando de comprender cada palabra: "La sangre es más espesa que el agua". Pienso en lo que dijo mi papá de las moscas y que no siempre puedes tomar las cosas textualmente y trato de averiguar lo que representa la sangre. Solo se me ocurre que Claudia y yo tenemos la misma sangre porque tenemos los mismos abuelos y la misma nariz, por lo que ni la pelea más grande puede hacer que dejemos de ser familia.

La familia

El jueves, Claudia viene con mi **familia** al Centro de Arte y Educación Antonio E. García a ver el concierto de mariachis donde tocará Paloma. La sala está muy iluminada. En una pared hay pinturas con escenas de niños mexicanos jugando béisbol, tomando granizados y trepando árboles. En otra, hay un mural inmenso con caballos y vaqueros. Hay varias filas de sillas mirando hacia una plataforma que es el escenario. Al fondo se ve una mesa larga con panes dulces.

Las voces hacen eco en la sala e identifico fácilmente las de mis primas. Ya han llegado varias: Mirasol, por supuesto, pues es la hermana de Paloma; y también Josie, Kimberly, Celeste, Estrella y Marina. Están sentadas y han puesto bolsos y suéteres en otra fila para guardar sillas para las demás.

—¡Primas! —digo, sentándome detrás de ellas.

—¡Prima! —responden, dándose vuelta.

Entonces ven a Claudia. Todas saludan, menos Mirasol y Celeste, que todavía están enojadas con ella por haberse ido de lengua. Cuando le dan la espalda, Claudia pone los ojos en blanco, más irritada que dolida.

Llamo a mis primas tocándolas por el hombro.

—Claudia tiene algo que decirles.

—¿Yo? —pregunta Claudia.

—Sí. ¿No te acuerdas? Querías pedir perdón por irte de lengua.

Claudia respira profundo, porque decir "lo siento" es como admitir que estás equivocado y ella preferiría comer gusanos con John-John antes de admitir que no tiene la razón.

—Bueno... solo quería decir —comienza—, que no quería meterlas en problemas. Solo quería protegerlas.

Claudia les dice lo mismo que me dijo a mí sobre por qué se iba de lengua. Celeste y Mirasol cruzan los brazos y murmuran "Anjá", "Ah, sí" y "Seguro".

—No es nada divertido estar encerrada en casa un mes entero —dice Mirasol.

—Hoy pude venir porque esto es un evento familiar —añade Celeste—, y solo tengo autorización para este tipo de salidas.

Cuando Celeste dice eso, Mirasol la mira.

—Un momento —le dice—. Pensé que habías venido a apoyar a mi hermana.

—Sí… más o menos —dice Celeste, encogiéndose de hombros—, pero la verdad es que ni siquiera me gusta la música mariachi.

Entonces, Kimberly y Josie se meten en la conversación porque no pueden creer que Celeste odie la música mariachi, y Marina y Estrella dicen que no se trata de la música sino de Paloma. Los comentarios van y vienen y yo no lo puedo creer, mis primas están a punto de tener una gran pelea segundos antes de que salga el grupo de Paloma al escenario.

—¿Ves? —dice Claudia, señalando a mis primas—. Siempre encuentran un motivo para enojarse unas con otras.

Claudia se recuesta en su silla, satisfecha. Es su forma de decirme que tenía razón desde el principio, que era inútil pedir perdón.

No puedo evitar estar de acuerdo con Claudia. Intento seguir los comentarios de mis primas. Ya no están hablando de si les gusta o no la música mariachi. Ahora han sacado cosas que pasaron hace meses, como la vez que Josie flirteó con el novio de Celeste, la vez que el perro de Marina se comió el cojín de *emojis* favorito de Estrella, o cuando Nancy le hizo un agujero al delantal favorito de tía Priscila con uno de sus experimentos científicos. Nancy y tía Priscila ni siquiera están aquí, pero las meten en la discusión. Y todas toman partido. Primero Estrella y Marina están de un lado, luego Josie y Kimberly, después Kimberly y Estrella. Mis primas forman un equipo un minuto y al minuto siguiente lo deshacen.

Entonces llega mi abuela. Mis papás, mis tías y tíos vienen detrás, como si mi abuela fuera el general de un ejército. Mi abuela se pone dos dedos en la boca y silba para que le prestemos atención. Todas mis primas se callan.

—*Mijas*, por favor —dice—, ¿por qué hacen tanto ruido? Esta es una ocasión especial. Estamos aquí por Paloma. —Hace una pausa y nos mira a cada una—. Quiero que se comporten como una familia amable en honor a ella. ¿Entienden?

Sus sabias palabras surten efecto. Por supuesto, yo no entiendo todo lo que ha dicho, pero sé lo suficiente como para asentir cuando pregunta "¿Entienden?". Mis primas también asienten. Algunas murmuran disculpas, no a las demás primas, sino a nuestra abuela. Lo que menos deseamos es avergonzarla.

Mi abuela toma asiento por fin, satisfecha, junto a nuestros padres. Somos tantos que necesitamos dos filas enteras. Al poco rato parpadean las luces, señal de que el espectáculo está a punto de empezar.

Escuchamos las guitarras, los violines y las trompetas de los mariachis antes de que los veamos. Entran por una puerta lateral. El grupo tiene seis músicos: cuatro chicos y dos chicas. Todos llevan trajes de charro de color negro con un lazo en el cuello y sombreros rojos. Cantan "Guadalajara", la misma canción que Paloma y yo practicamos cuando fui a su casa a comer pescado frito. Las manos de mi prima se deslizan sobre las cuerdas y, cuando sostiene una nota, cierra los ojos. Me doy cuenta de que pone su corazón y su alma en la música. Uno de los cantantes nos hace un gesto para que cantemos con ellos. Muchos en el público se saben la letra y, aunque yo no me la sé, la tarareo. De pronto, mi abuela da un grito festivo y les da un empujoncito a mis primas en la primera fila para que hagan lo mismo. Estrella lo intenta, pero le sale un chillido corto y agudo, como el de un perro cuando le pisas el rabo. Marina prueba después y lo hace mejor, pero su grito no tiene suficiente fuerza.

Entonces Claudia se pone de pie, ahueca las manos y grita "¡ay-yay-yay-yaaaaaaay!". Es el grito más emocionante que he oído en mi vida. Paloma sonríe con orgullo y los demás mariachis asienten.

—¡Así se hace, prima! —dice Celeste, chocando los puños con ella.

—¡Vaya par de pulmones que tienes! —dice Mirasol.

Claudia se sienta con una sonrisa de triunfo en el rostro. Entonces me doy cuenta de que, aunque Celeste y Mirasol no han aceptado oficialmente las disculpas de Claudia, le han perdonado que se haya ido de lengua. De hecho, todas nos hemos perdonado unas a otras por las veces que nos hemos equivocado o que nos hemos hecho maldades a propósito, porque es demasiado difícil estar enojadas cuando una de nuestras primas está tocando la guitarra y las demás nos sentimos tan orgullosas.

Termina la canción. Aplaudimos y pedimos a coro que sigan tocando.

—¡Otra! ¡Otra! ¡Otra!

Comienza la música de nuevo. Esta vez tocan "Cielito lindo". Me sé uno de los versos. Dice "Ay, ay, ay, ay. Canta y no llores". Son las palabras perfectas para mi familia en este momento porque, en lugar de llorar y quejarnos, estamos cantando y aplaudiendo.

Mis papás, mi abuela, mis tías y tíos y, sobre todo, mis primas y yo nos movemos al ritmo de la música y seguimos el compás con los pies, en perfecta sintonía unos con otros. Eso es lo que significa *en realidad* "La sangre es más espesa que el agua". No se trata de tener las mismas narices, el mismo color de cabello o los mismos abuelos. Se trata de tener los mismos corazones. Aunque se peleen, compitan entre ellas, se digan chismes y se acusen, mis primas siempre serán mis primas, pase lo que pase... y tener tantas primas es una gran fortuna.

Índice

Agradecimientos

Tengo la suerte de tener a mucha gente que me apoya y me anima. Quiero a agradecer a Stefanie Von Borstel, mi maravillosa agente y amiga. También a Nancy Mercado y a todo el equipo de Scholastic. Mi mamá, mi papá, Albert, Tricia, Steven y todos mis sobrinos siguen siendo una gran fuente de inspiración. Mi esposo, Gene, y mis amigos Vanesa, Saba y San Juan continúan escuchando pacientemente cuando les hablo sin parar de nuevas ideas para libros. Y, finalmente, quiero celebrar a mis primas. Como Luna, tengo tantas que no las puedo contar, pero cada una es única y muy querida.

Sobre la autora

Diana López es la autora de *Ask My Mood Ring How I Feel*, *Confetti Girl* y *Nothing Up My Sleeve*, entre otros títulos por los que ha sido premiada. Además, es la editora de la revista literaria *Huizache* y la directora general de CentroVictoria, una organización que se dedica a promocionar la literatura mexicanoamericana. Vive en el sur de Texas y enseña en la Universidad de Houston-Victoria. Tiene varias primas con quienes se lleva bien... la mayor parte del tiempo.